KB050389

Maze Hunter

메이즈 헌터 6

초판 1쇄 인쇄일 2016년 2월 18일 | **초판 1쇄 발행일** 2016년 2월 22일

지은이 이한빈 | **펴낸이** 곽중열 | **담당편집 팀장** 이범수
편집부 신연제 이윤아 김은경 홍현주

펴낸곳 (주)조은세상 | **출판등록** 제 2002-23호
주소 경기도 연천군 미산면 청정로 1355
TEL 편집부 02)587-2966 | FAX 02)587-2922
e-mail bukdu@comics21c.co.kr

ⓒ이한빈 2015
ISBN 979-11-5832-465-0 | ISBN 979-11-5832-245-8(set) | 값 8,000원

이한빈 퓨전 판타지 장편소설

NEO FUSION FANTASY STORY & ADVENTURE

메이즈 헌터

Maze Hunter

6

북두

㈜조은세상

CONTENTS

NEO FUSION FANTASY STORY & ADVANTURE

Maze Hunter
메이즈헌터

NEO MODERN FANTASY STORY & ADVANTURE

메이즈 헌터

𝔐𝔞𝔷𝔢 ℌ𝔲𝔫𝔱𝔢𝔯

1

팔이 날아가는 것을 본 레인은 당황한 표정을 지었다.

4성급 오버로드로 태어나 수많은 워커들을 죽여왔다. 사지가 잘리는 것은커녕 몸에 상처가 나 본적도 한 번도 없었다. 그런 레인에게 혼에게 당한 일격은 충격을 넘어선 분노가 되었다.

"이노오오오옴!"

생각보다도 혼은 더 빨랐다.

전신(戰神)과의 계약은 계약자의 능력에 따라 전투능력의 상승 폭이 달랐다.

근육의 내구도에도 천차만별의 차이가 있었으며, 그 한계에도 차이가 있을 수밖에 없었다.

레인은 괴성을 지르며 혼에게 공격을 가했다. 그러나 그것이 혼의 몸에 닿는 일은 없었다.

혼은 신속을 이용해 움직이고 있었다.

물리법칙을 무시한 듯 움직이는 자신의 몸에 혼조차 살짝 놀란 상황이었다. 공기 하나, 하나의 움직임까지 세포가 반응하고 있었다.

공기가 찢어지는 소리에 모든 구경꾼이 마른 침을 삼켰다.

혼은 모든 공격은 종이 한 장 차이로 피해내고 있었다. 마치 신기와 가까운 모습에 뒤늦게 온 니나가 천화를 챙기는 것도 잊고 멈춰 섰다.

"무슨 일이 벌어진 거야?"

4성급 오버로드의 힘은 가늠이 불가능할 정도다.

포사토이오의 부대장으로서 니나는 4성급 오버로드를 만난 것이 처음은 아니다.

과거 4성급 오버로드를 만났을 때 포사토이오는 10명이 넘는 사상자를 냈다.

3명은 각개격파로 당한 것이고, 상황을 파악한 티아가 함정을 파고 힘을 모아 퇴치를 하면서 나머지 사상자가 나왔다.

준비를 단단히 한 두 자릿수가 넘어가는 포사토이오의 워커들이 마치 일반 병사처럼 썰리던 그 광경을 니나는 기억하고 있다.

'저자는 혼자 상대하고 있다.'

어떻게 된 일인지는 잘 모르겠지만 혼은 전과는 비교할 수 없을 정도로 빠르고 강해져 있었다.

'저 실력이라면 포사토이오 전원과 싸우더라도……'

전원과 한 번에 싸울 수는 없더라도 혼 정도의 실력자라면 게릴라 작전으로 포사토이오를 궤멸시킬 수 있었다.

일대일이 아니라 삼대 일 정도는 우습게 할 테니까.

"아아, 건드릴 수가 없네."

평범한 방법으로는 이길 수가 없다. 레인은 팔을 걷어 붙이더니 땅에 박아넣었다.

"킬킬킬. 끝이다."

레인은 땅에서 무언가를 뽑아냈다.

회색의 탑.

높이가 3m 정도 되는 얇고 견고해 보이는 탑이었다. 탑의 맨 꼭대기에는 붉은 점이 반짝이고 있었다.

혼은 탑을 잠시 쳐다보다 시선을 레인에게로 돌렸다.

"뭐하는 짓이지?"

"아아~ 설치해버렸다."

레인은 킥킥거리더니 박장대소하며 외쳤다.

"30초! 30초 뒤에 도시가 날아간다!"

레인은 박수를 치며 주변을 둘러보았다.

대부분의 사람들이 레인의 말을 제대로 이해하지 못했다. 그러나 도시가 날아간다는 것은 허풍이 아닌 듯싶었다.

"폭탄 같은 건가?"

혼이 고개를 갸웃거리며 말했다.

"정다~압!"

정확히 말하자면 지진을 일으키는 탑이라고 볼 수 있었다. 땅을 흔들리게 만들어 도시를 궤멸시킬 수 있는 것.

일단 발동이 되면 레인이 직접 취소하기 전까지는 그 누구도 막을 수 없다.

혼은 재빨리 레인에게 달려들었다. 레인은 혼의 공격을 어느 정도는 쳐냈지만 점점 신체능력을 올려가는 혼의 앞에서 오래 버티지 못했다.

"크윽!"

레인의 다리가 공중으로 날아갔다. 혼은 그의 이마 부분에 있는 작고 검은 보석에 검을 가져다 댔다.

"해체방법은?"

"없어, 없어. 그런 게 있다고 알려줄 거 같아?"

"그러겠지."

목숨보다 인도자를 죽이는 것이 더 중요한 것이 레인이었다.

"크크크, 나도 참. 인도자 셋을 못 이겨서 이 꼴이라니. 뭐 상관없나? 어차피 죽을 놈들이니. 저승에서 보자고."

"언젠가는 말이야."

혼은 망설임 없이 레인의 보석을 부쉈다.

"야! 그걸 부수면 이제 어쩌자고?!"

니나가 버럭 소리를 지르며 혼의 앞으로 다가왔다. 설치한 놈이 해체를 해주지 않으면 도대체 어떻게 해야 한단 말인가.

"난 계약 때문에 브로크데일에서 못 나간단 말이야!"

"시끄러워."

탑에서 시작된 진동이 도시를 울리기 시작했다. 공포로 이루어진 대공황이 도시의 사람들을 덮쳤다. 진동은 점점 더 심해졌고, 강철로 만든 건물들조차 진동을 이기지 못하고 점점 기울고 있었다.

"무, 무너진다!"

"제기랄! 도망쳐! 도망치라고!"

아비규환.

사람들은 각자의 생존을 위해 도망치고 있었다. 부모를 잃어버린 아이들은 바닥에 주저 앉아 울고 있었고, 진동에 넘어져 다리를 다친 자들은 살려달라고 울부짖었다.

미셸은 그 광경을 차마 쳐다보고 있을 수가 없었다.

"이게 무슨……!"

피가 거꾸로 솟아올랐다. 관자놀이로 심장의 고동이 느껴졌다.

할아버지가 만들고, 아버지가 발전시켰으며 이제 자신이 받은 도시 브로크데일.

무너진다.

100년이 넘는 시간 동안 발전시켜온 모두의 도시가 고작 30초 만에 무너지고 있었다. 그것도 자신의 대에서 끝이 나는 것이었다.

억만년 같은 몇 초가 지나고 미셸은 미친 듯이 탑으로 달려갔다. 그녀는 항상 들고 다니는 멍키스패너로 탑을 힘껏 후려쳤다.

반작용으로 손이 만신창이가 되어도 미셸은 멈추지 않았다. 혼은 그런 미셸의 바로 앞까지 다가왔다.

막을 수 있는 힘이 없었다. 미셸은 도시가 무너져가는 것을 지켜볼 수밖에 없었다.

그때 한 남자가 탑을 향해 걸어왔다.

혼의 등 뒤로 검은 기운이 올라오고 있었다. 일루미나로 모인 검은 기운은 마치 살아있는 것처럼 꿈틀거렸다.

오로지 무언가를 죽이겠다는 의지.

이 탑을 파괴하는 것만으로는 부족하다. 기능을 완전히 마비시키겠다는 의지. 탑이라는 존재를 원래 없었던 존재로 돌려보낸다는 그런 개념이 필요했다.

혼은 있는 힘껏 검을 들었다가 탑을 향해 내리쳤다.

탑이 흔들렸다.

단순히 검에 베인 것이 아니었다. 탑은 존재를 잃고 사라지기 시작했다. 가루가 되어 하늘로 탑이 날아가는 것을 본 미셸의 눈에서 눈물이 말랐다.

도망치지 못하고 있던 사람들 모두가 탑이 가루가 되어 흩날리는 것을 바라봤다.

"끄, 끝인가?"

니나가 중얼거렸다. 그러나 진동은 멈추지 않았다.

이미 늦은 것인가? 잠시나마 희망에 차 환호가 목까지 나왔던 사람들은 그만큼 더 좌절했다. 리첼리아는 인간형으로 몸을 바꾸어 혼을 내려보았다. 혼은 확신에 찬 눈으로 원래 탑이 있던 장소를 바라보고 있을 뿐이다.

"안 멈추는 거 아니에요?"

혼은 대답하지 않고 미셸을 바라봤다.

"멈출 수 있다."

혼의 말이 끝나기가 무섭게 지진의 강도가 내려가기 시작했다. 그리고 거짓말처럼 순식간에 울림이 멈추었다.

미셸은 고개를 푹숙였다.

흐느끼지 않기 위해 최대한의 노력을 하고 있는 그녀를 위해 혼은 발걸음을 옮겼다.

'이제 떠날 때가 되었구나.'

❖

미셸은 중앙관리위원회의 2층 사무실에서 데모를 하고 있는 사람들을 보았다.

워커들을 내보내라는 시위는 바로 시작되었다. 가족과 삶의 터전을 잃어버린 분노가 이방인인 혼에게 쏠려버린 것이다.

"저 워커들이 있으면 또 오버로드가 올 것입니다."

사무장이 미셸에게 말했다. 오버로드가 노린 것은 인도 자였다. 니나, 혼, 그리고 천화. 이 세 사람이 도시에 존재하면 언제든 새로운 오버로드가 올 수도 있다는 것이었다.

미셸도 혼이 이 도시에 남아있으면 방금 전과 같은 위기가 계속해서 발생하리라는 것을 알고 있었다.

하지만 어찌 이럴 수 있는가.

7대 길드인 레드 핸드와 왕국 포사토이오가 노렸던 도시 브로크데일이 아직도 자유도시로 있을 수 있는 것은 혼의 덕이 아니었던가. 비록 오버로드가 그들을 노렸다고는 하지만 도시의 멸망 위기를 구해낸 것 또한 그들이 아니었던가.

미셸은 이마를 짚었다.

대표란 도시만을 생각해야 한다. 도시민들의 요구를 듣고 그 요구를 무엇보다 확실하게, 그리고 현실적으로 실행해야 하는 것이 대표가 해야 하는 일이다.

도시민들은 워커들의 추방을 원하고 있다.

천화는 몸이 버틸 수 없을 정도의 전투 끝에 정신을 잃었지만 그래도 추방해야 한다. 혼 또한 몸이 온전한 상태는 아니지만 그래도 추방해야 한다.

"대표님?"

"알았다고요! 알았다고!"

미셸은 갑작스럽게 화를 내며 사무장을 노려봤다. 사무장은 조용히 고개를 숙이고 있을 뿐이었다.

"그들이 우리에게 해준 걸 잊었습니까?"

"잊지 않았습니다."

"그런데 저럴 수 있는 겁니까?"

"대중은 이기적입니다. 그리고 솔직하죠. 그들이 우리에게 무엇을 해줬는지는 상관없습니다. 단순히 그들이 여기 있으면 브로크데일은 안전하지 않습니다. 그리고 사람들은 안전을 원합니다. 그뿐입니다."

"알아요."

미셸은 다시 자리에 주저앉았다.

"아니까 괴로운 겁니다. 모르면 괴롭지도 않겠죠."

미셸의 한숨 소리가 회의실을 가득 메웠다.

❖

혼은 침대에 앉아 신문을 읽고 있었다. 이번 전투에서 너무 무리하는 바람에 휴식이 필요했다. 혼의 옆 침대에는 천화가 누워있었고, 그 가운데를 하양이가 차지하고 있었다.

-창밖이 시끄럽군.-

"무시해."

하양이가 인상을 쓰며 창을 바라봤다. 미셸의 집에 혼이 살고 있다는 것을 안 사람들이 그 앞에서 데모를 하고 있는 것이었다.

−대담하군. 그런 전투를 본 뒤인데 무섭지도 않나?−

"군중심리는 위대하지."

혼은 무시하고 있었으나 하양이는 매우 심기가 불편한 듯싶었다. 하양이는 저 소리 때문에 천화가 깨지 않을까 걱정하는 듯싶었다. 만약 그런 일이 일어난다면 그만큼 대가를 치르게 해줄 생각이었다.

"좀 괜찮아졌어?"

다테가 문을 열고 들어왔다. 그 뒤로 니나가 삐죽거리며 들어왔다. 혼은 니나를 흘깃 보고는 다시 신문으로 시선을 옮겼다.

니나는 손을 비비며 시선을 다른 곳으로 옮겼다. 그렇게 뜸을 들이고 있자 아르마티아가 니나의 몸에서 빠져나와 말했다.

"뭐해요? 안 말해요?"

니나는 삐죽거리며 입을 내밀었다.

"여, 여기. 수고했다고."

"직접 만든 거냐?"

"아니거든! 그냥 산 거야."

"다행이네."

혼의 말에 니나는 얼굴을 붉히고는 쳇하고 고개를 돌렸다. 니나는 혼이 자신을 구한 것이나 다름없다는 사실을 알고 있었다. 오버로드는 인도자를 노리고 있었고, 만약 혼이 졌다면 니나는 당연히 다음 타깃이 되었을 것이다.

'마지막에는 좀 멋있기도 했지.'

"어머, 어머, 어머머."

아르마티아가 갑자기 입에 손을 가져가며 놀란 듯이 니나를 쳐다봤다. 니나의 얼굴이 그 순간 화악 달아올랐다.

"마음 읽지 마! 이년아!"

"천화 깨겠다."

다테가 웃으며 검지를 입게 가져갔다. 니나는 화들짝 놀라며 천화에게로 고개를 돌렸다. 천화는 여전히 새근새근 자고 있었다. 니나는 그런 천화를 가만히 쳐다봤다.

"같이 먹을게."

혼의 말에 니나는 씁쓸하게 웃었다.

"그래, 그러면 좋지."

그렇게 대화를 하고 있을 때 누군가 문을 노크했다.

"미셸이다. 들어가겠다."

미셸은 네 사람이 전부 모여있는 것을 확인한 뒤 한숨을 내쉬었다. 어디서부터 말을 해야 할지 감이 잡히지 않았다.

미셸은 꿀 먹은 벙어리처럼 가만히 서 있었다. 다짐을 그렇게 하고 왔음에도 정작 얼굴을 마주하니 말이 나오지 않았다.

그런 미셸을 혼과 다테, 그리고 니나는 가만히 쳐다보았다.

"도시에서 나가줬으면 좋겠다."

미셸은 말을 끝내고 아랫입술을 깨물었다. 뭐라고 반응할까? 욕을 먹을까? 나가지 않겠다 하더라도 할 말은 없다. 원래 브로크데일을 자유도시로 만들어주는 대신 혼은 자신이 편하게 있을 장소를 제공해달라고 했으니.

미안함, 전우를 배신해야 한다는 괴리감, 이런 모든 감정들이 소용돌이가 되어 심장을 조여왔다.

미셸은 용기를 내어 세 사람의 얼굴을 보았다.

무표정.

니나와 다테, 그리고 혼은 가만히 미셸을 쳐다보고 있을 뿐이었다. 미셸은 그것이 원망으로 들렸다. 피해망상일지도 모르겠지만 분명 원망할 것이라 미셸은 생각했다.

"미안하다."

길게 말을 할 수도 없다. 미셸은 고개를 숙였다.

"아이고. 하하하."

그때 다테가 가장 먼저 입을 열었다.

"자, 그럼 언제 떠날까? 혼. 언제 짐 쌀 거냐?"

"내일 가려고."

니나는 혼과 다테를 돌아봤다. 니나는 브로크데일을 떠난다는 말을 듣지 못했다.

더 당황한 것은 미셸이었다.

"진짜 내일 가나?"

"왜? 가지 마?"

혼이 되묻자 미셸이 말을 더듬었다. 혼은 피식 웃고는 침대에서 내려왔다. 창밖으로는 수많은 사람들이 모여 워커를 내보내야 한다며 아우성이었다.

"사실 나가지 말라고 해도 나가려고 했어."

인도자를 노리고 온 오버로드.

그가 어떻게 브로크데일에 인도자가 있는지를 알아냈는가. 그것이 문제였다. 혹시라도 오버로드에게 인도자가 어디 있는지를 알아내는 능력이 있다면 한시라도 빨리 움직여야 했다. 가만히 있다가는 오버로드에게 기회만 더 줄 뿐이니까.

"그리고 상황을 보아하니 천화가 일어나기 전에 나가야 할 거 같고."

천화라면 마음의 상처를 입을 것이다. 자신의 존재만으로도 사람들에게 피해를 줬다는 쓸데없는 생각이나 할 테니까.

"정말 면목이 없다."

미셸이 고개를 푹 숙이고 있자 혼이 가서 딱밤을 한 대 딱 때려주었다. 미셸은 이마를 붙잡고 두, 세 걸음 물러났다.

"면목은 무슨."

미셸은 빨개진 이마를 쓰다듬으며 미소를 지었다.

혼은 나쁜 놈일수도 있다. 자신이 원하는 것을 위해서라면 악귀도 되는 남자였다. 그러나 미셸에게 있어 혼은 구세주였고, 친한 친구였다.

지금도 자신을 배려해주고 있다고는 생각하지 않는다. 정말 혼은 브로크데일을 떠나는 것이 더 좋은 수라고 판단하고 있을 것이다. 그렇다 하더라도 미셸은 그에게 감사하고 있었다.

'잠깐, 그러면 나 탈출할 수 있지 않아?'

그렇게 미셸과 혼이 대화하고 있을 때 니나의 머릿속에 한 가지 생각이 떠올랐다. 현재 니나는 브로크데일을 떠날 수 없다는 서약에 묶여 있었다. 그런데 혼이 천화가 깨어나지 않은 상황에서 브로크데일을 나선다?

그렇다면 자신을 두고 가지 않을까?

만약 두고 가지 않는다면 서약을 파기할 수 있는 시점이 있을 것이다. 그 순간을 잘 이용하면 도망칠 수 있지 않을까?

니나는 조용히 양손을 맞잡고 머리를 굴렸다. 어떻게 하면 탈출할 수 있을까. 혼에게서 벗어날 수 있는 방법을 찾아야만 했다.

"뭘 그렇게 생각해?"

"어? 아. 아무것도 아니야. 그럼 난 일단 가볼게."

니나는 그렇게 얼버무린 뒤 방 밖으로 나섰다.

다음 날. 새벽.

혼은 천화를 업었다. 하양이의 등 뒤에 묶여 놓을까도 생각해봤지만 영 보기가 좋지 않았다. 데모를 하는 도시민들을 피해 새벽에 출발하는 것이 맞다고 혼은 판단했다. 미셸은 이른 아침임에도 입구 바로 앞까지 와서 혼을 배웅했다.

"조심해서 다니고."

"조심한다고 사고 안 나는 곳은 아니잖아."

미셸은 씁쓸하게 웃었다. 언제 다시 볼 수는 있을까라는 생각이 불현듯 머리를 스치고 지나갔다.

"꼭 다시 보자."

"기회가 된다면."

혼은 그렇게 말했다.

두 사람의 대화를 듣고 있는 니나의 손에 땀이 고이고 있었다. 너무나도 긴장한 탓이었다. 어젯밤을 새며 오늘 도망칠 궁리를 했다.

일단 니나가 브로크데일을 나서기 위해서는 그 전에 있던 서약을 파기할 필요가 있었다. 그것이 파기되는 순간, 니나는 단숨에 미리 만들어놓은 차에 올라탈 예정이었다. 밖에서는 절대로 부술 수 없는 차를 타고 움직이면 제아무리 혼이라 하더라도 어쩔 수 없을 것이다.

"자, 그럼 일단 니나."

"어? 어! 어. 그래. 나 브로크데일에서 못 나가잖아. 같이 가려면 서약을 파기할 필요가……."

"자. 사인해라."

혼은 서약서 하나를 내밀어 보였다. 니나는 큰 눈을 끔뻑거리며 서약서를 쳐다봤다.

"아하하, 난 이미 서약서에 사인했는데."

"이걸 사인하면 파기해주마. 왜? 파기 먼저 할 줄 알았나?"

망했다.

니나는 가만히 혼을 쳐다볼 수밖에 없었다. 이제 어떡해야 하는가. 이 서약서의 내용은 아직 보지 않았지만 사인하는 순간 도망칠 기회는 사라진다고 봐도 무관할 것이다. 그러나 만약 사인하지 않으면 브로크데일에 버리고 갈 가능성도 충분하다.

"아아."

니나는 서약서를 쳐다봤다. 그리고는 불같이 화를 내며 외쳤다.

"이게 뭐야?!"

"싫으면 말고."

"아아."

니나는 하늘을 보며 한숨을 내쉬었다.

❖

산속. 한 남자가 괴수 한 마리와 대면하고 있었다.

괴수는 지네처럼 생겼으며 머리는 삿갓을 쓴 것처럼 둥글었다. 터질 것만 같은 근육을 갈색 껍질이 덮고 있었고 독기운을 항상 뿜어내고 있어 일반적인 사람은 가까이 가기도 힘든 생명체였다.

3성급 오버로드. 괴수형 오버로드들은 멍청하고 행동을 예측하기 쉬웠지만, 인간형에 비해 압도적인 파괴력을 가지고 있었다. 웬만한 트라이 마스터도 이 독각귀의 앞에서는 숨을 죽이고 몸을 피해야 했다.

검왕은 그 독각귀 앞에서도 여유를 잃지 않았다. 독각 귀는 도시에 가까이 오기만 해도 사람들이 병에 걸리기 때문에 한시라도 빨리 처리해야 하는 상대였다. 검왕은 등 뒤에 매달린 대검을 양손에 잡았다.

"키야야야야악!"

독각귀의 입에서 초록 점액이 흘러내렸다. 그것이 땅에 닿는 순간 대검을 든 검왕이 돌진했다.

"프레야코를 위하여!"

❖

프레야코에서는 축제가 벌어지고 있었다.

검왕의 승리를 축하하는 것이었다. 골칫덩이였던 독각 귀가 사라졌고, 검왕은 유유히 도시로 돌아왔다. 사람들 은 검왕의 실력을 찬양하며 3일 동안 축제를 벌였다.

3성급 오버로드.

워커들도 1대 1로는 절대로 죽일 수 없다고 말하는 수 준이 바로 3성급 오버로드다. 그런 오버로드를 검왕은 혼 자서 상처 하나 없이 잡았다.

왕궁 안에서도 모두가 모여 축하를 하고 있었다.

그러나 정작 검왕은 왕궁 뒤편에 있는 개인 수련장에서 검을 휘두르고 있었다. 공주 아이사는 그런 아버지에게 물을 가져다 드리며 흐뭇하게 미소를 지었다.

"아버님. 그래도 주인공이 여기서 이러시면 어떡합니까?"

"아, 아이사냐?"

검왕은 땀을 닦으며 아이사가 가지고 온 물을 들이켰다.

"이걸 빼먹으면 좀이 쑤셔서 말이야. 금방 간다고 전해라. 거의 끝났으니까."

"모두 기다리고 있습니다. 빨리 오세요."

"검왕님! 검왕님!"

아이사와 검왕은 동시에 고개를 돌려 급하게 달려오는 한 남자를 쳐다봤다. 남자는 거칠게 숨을 고르고 있었다. 그 모습을 본 검왕이 웃었다.

"하하하, 알았네. 알았어. 금방 가지."

"큰일 났습니다."

남자는 가슴을 부여잡고 겨우 말을 꺼냈다. 검왕은 그 말에 정색했다. 축제 중에 사고가 있었다고 하더라도 저렇게 급하게 자신에게 보고할 필요는 없었다.

"무슨 일인가?"

"워커들입니다."

검왕의 눈썹이 씰룩거렸다.

"그럼 내쫓으면 되지 않나?"

"그게, 네오니드입니다."

검왕은 심각한 얼굴로 검을 챙겼다.

네오니드라면 3왕국 중 하나였다. 그런 놈들이 좋은 의도를 가지고 프레야코를 찾았을 리가 없었다.

"어느 쪽이냐? 안내해라."

아이사는 검왕의 뒤를 졸졸 따라 이동했다.

그곳에는 수많은 프레야코의 검사들이 쓰러져 있었다. 검왕은 이마에 핏기를 세우며 남자를 노려봤다.

축제를 즐기던 사람들은 하나로 뭉쳐 네오니드의 앞길을 막고 있었다. 검왕이 도착하자 맨 앞에 있던 금발의 남자가 큰 모션을 취하며 말했다.

"아, 저게 검왕인가? 반갑네. 난 네오니드의 대장 호바스라고 한다."

남자는 미소를 지으며 손을 내밀었다. 검왕은 무표정하게 남자를 바라볼 뿐이었다.

"자네가 이랬나?"

"대화하자는데 덤벼든 것은 그쪽이다."

호바스는 미소를 지으며 말을 이어갔다.

"너를 부른 이유는 한 가지다. 선택권을 주려고 한다. 전쟁하겠는가? 아니면 너와 나, 둘이 승부 겨룰까. 선택해라."

검왕은 호바스의 뒤로 늘어진 트라이 마스터들을 보았다. 지금 쓰러져 있는 자들. 이들은 최정예 검사들이었다. 전쟁을 시작하면 병사들은 물론이고 민간인도, 도시도 큰 피해를 입을 것이다.

그렇다면 방법은 정해져 있었다.

"승부는 무엇인가?"

"네가 가장 자신 있는 거."

호바스는 잠시 생각하더니 창고에서 검을 꺼내 들었다.

"예를 들면 검?"

호바스의 반응에 프레야코가 침묵했다. 이윽고 사람들의 안면에 작은 미소가 생기기 시작했다. 설레발을 치는 몇몇 사람들은 서로 마주 보고 고개를 끄덕이며 승리를 예견했다.

그렇게 많은 전투방법 중에 검이라니.

검과 검의 대결이라면 검왕이 평생을 해왔던 일이 아닌가. 기억이 있는 순간부터 검과 살아온 프레야코의 검사들이었다.

그 중 정점인 검왕. 3성 오버로드도 검으로 제압하는 자.

"좋다."

다른 사람들과는 다르게 검왕은 신중한 표정이었다. 검으로 승부를 걸어온 만큼 호바스도 어느 정도 자신은 있다는 것이었다.

방심은 패배를 부른다.

"그럼, 제피스차."

호바스가 말하자 그의 등에서 구릿빛 피부의 여자가 빠져나왔다. 긴 보라색 머리에 굴곡이 확실한 몸매.

분쟁의 천사. 제피스차.

"그럼 승부를 시작하겠습니다. 조건은 무기는 오로지 검으로만 상대할 것. 일대일 대결이기 그 어떤 경우에도 외부의 도움은 없습니다. 조속한 대결을 위해 대결범위를 한정하겠습니다."

제피스차가 손가락을 튕기자 반투명한 링이 검왕과 호바스를 감쌌다. 검왕은 대검을 양손에 들고 호바스를 노려봤다.

"그럼 시작~."

검왕이 호바스를 향해 힘껏 내달렸다.

검왕의 공격에 호바스는 방어일변도로 대응했다. 검이 부딪힐 때마다 마치 천둥이 치는 것만 같은 소리가 났다.

마치 못을 땅에 때려 박듯이 검왕은 호바스를 후려쳤다.

"좋았어!"

프레야코의 시민들이 손을 꽉 쥐며 검왕의 승리를 염원했다. 아니, 거의 확신하고 있었다. 검왕은 압도적으로 호바스를 밀어붙이고 있었다. 이미 이긴 것처럼 상대를 조롱하는 사람들도 더러 있을 정도였다.

"이게 프레야코의 힘이다! 이 더러운 자식들아!"

"우리 도시에서 꺼지라고!"

묵묵히 조롱을 듣고 있던 양이가 손을 입으로 가져갔다.

"하아~암. 호바스! 빨리 끝내라."

하품이었다.

프레야코의 시민들은 예상치도 못한 양이의 반응에 잠시 침묵했다.

호바스는 여전히 밀리고 있었다. 시민들은 양이의 반응이 허세일 것으로 생각했다. 그렇디만 뭔가 싸한 기운이 오금을 저리게 하는 것은 어쩔 수가 없었다.

침묵을 깨고 한 남자가 마치 자위하듯 한 마디를 꺼냈다.

"워커새끼들. 허세나 부리고 있고……."

"그, 그렇지? 빨리 끝내주세요! 검왕님!"

사람들의 함성은 검왕에 귀에 다가오지 않았다.

'뚫리지 않는다.'

검왕은 속으로 생각했다. 어떤 식으로 공격해도, 어떤 초식을 사용해도 호바스의 방어는 뚫리지 않았다.

'어째서 뚫리지 않는가.'

투명한 벽은 그 어떤 충격도 밖으로 나가지 않게 막아주는 역할을 하고 있었다.

검왕은 선택을 해야 했다. 늦으나 빠르나 결판을 지을 필요가 있었다. 검왕은 잠시 뒤로 물러나서 양손에 대검을 잡았다.

'극살초식. 7번.'

독각귀를 잡은 초식이기도 한 프레야코 검술의 최강기술.

검왕은 모든 기운을 대검에 담았다. 수 십 번의 연타 중 단 한 번의 공격이라도 적중하면 치명적인 상처를 입을 수밖에 없는 프레야코 공식 최강의 기술이었다. 기본적으로 신체능력이 인간의 경지를 벗어나야 배울 수 있는 궁극의 기술.

'피할 수는 없을 것이다.'

그리고 막을 수도 없을 것이다.

"우오오오오오!"

검왕의 공격이 휘몰아쳤다. 일반인은 눈으로도 따라가기 힘들 정도의 움직임. 금속이 부딪히는 소리가 0.1초에 한 번씩 들리는 것만 같았다.

"죽어라!"

검왕이 외치며 대검을 높게 들었다가 내리찍었다. 바닥에 꽂힌 두 대검에서 푸른 기운이 뿜어져 나와 호바스를 공격했다.

풍압이 만들어낸 바람의 검.

쿠오오오오오!

굉음과 함께 검풍이 호바스를 집어삼켰다. 프레야코의 시민들은 환호조차 잊고 그 웅장한 광경을 쳐다봤다.

독각귀도 버티지 못한 일격이다.

이건 끝이다.

검왕이 희미하게 미소를 지었다. 이윽고 검풍이 하늘로 사라지고 검풍이 지나간 자리에는 호바스가 한쪽 무릎을 꿇고 있었다.

"우와와와와와!"

흥분을 이기지 못한 남자가 환호성을 질렀다. 흥분은 공기를 타고 모두에게 전염되었다. 호바스가 무너졌다. 네오니드가 무너졌다. 검왕은 최강이다. 모든 사람들의 머릿속에 그런 생각이 박혔다.

아니, 박히려는 찰나였다.

"이야, 이야."

잠시 침묵하던 호바스가 두 다리로 서며 고개를 절래 흔들었다.

도시민들이 침묵했다. 일어설 리가 없다고 생각했다. 검왕의 일격은 전설에 나오는 검신의 경지와 거의 흡사했으니까.

"이 기술 말이야."

호바스는 자신의 머리를 검지로 톡톡 쳤다.

"이것만 머릿속에서 정리가 안 되더라고. 한 번 볼 필요가 있다고 생각했어."

"무슨 소리냐?"

"이제 내가 사용할 수 있다는 것이지."

검왕이 심각한 표정으로 되물었다. 극살초식 7번은 마지막 검풍보다도 그 전에 있는 복잡한 초식이 중요한 것이었다.

정확하게 기술을 알고 있는 자들도 자칫 실수하면 당할 만큼 복잡하고 강력한 초식.

호바스는 그것을 실수 없이 막아냈다. 그것만으로도 굉장하다고 하다고 생각하던 참이었다. 초식을 모르더라도 괴물같은 반사신경이 있으면 막을 수는 있을 테니까.

그런데 그걸 사용하겠다고?

"그럼 해볼까?"

호바스는 새로운 검을 꺼내 검왕처럼 양손에 검을 들고 달려들었다.

'정확하다.'

검왕은 호바스의 공격을 막아내며 놀라고 있었다. 자신이 한 것과 완벽하게 같은 방식으로 초식이 실현되고 있었다. 한 가지 다른 점이라면 호바스는 더 빠르고, 더 강했다.

인정하기 싫지만 무인으로서 그것은 알 수 있었다.

게다가 그 어려운 초식을 한 번 본 것만으로 완벽하게 구사하다니. 검왕의 마음속에 무언가 알 수 없는 감정이 응어리졌다.

"그럼 마지막~."

어느새 마지막. 호바스는 검왕이 만든 것보다 더욱 큰 검풍을 만들었다.

검풍이 검왕을 집어삼키자 도시민들이 아연실색했다. 그중에는 모든 것을 포기한 듯 기도를 하는 자, 무릎을 꿇고 현실도피를 하는 자들이 보였다.

검풍이 사라지고 시야가 돌아왔다. 도시민들의 눈에는

두 다리로 서있는 검왕이 보였다.

검왕은 쓰러지지 않았다. 환호성을 지르기 직전 도시민들은 말을 잊었다.

"아버지!"

아이사가 비명을 지르듯 외쳤다.

검왕의 오른팔이 깔끔하게 잘려나간 상태였다. 호바스는 겨우 서 있을 뿐인 검왕의 목에 검을 겨누며 말했다.

"이제는 누가 최강의 검사지?"

메이즈 헌터

2

Maze Hunter

2

프레야코 왕성.

양이는 개인사무실을 만들어 놓고 프레야코에 대한 정보를 서류화 시키고 있었다.

검왕이 패하고 며칠.

프레야코는 완전히 네오니드의 손에 넘어간 상태였다. 검왕이 패한 뒤에도 몇몇 검사들이 달려들었지만 부질없는 발버둥일 뿐이었다.

아이사는 양이의 앞에서 원쟁반을 들고 서 있었다. 양이는 그녀를 쳐다보지도 않고 찻잔을 쟁반에 올리며 말했다.

"하나 더."

아이사는 고개를 꾸벅 숙이며 입술을 깨물었다.

과거 공주였던 아이사는 완벽한 궁녀가 되어있었다. 그 것도 마치 조롱이라도 하듯 양이의 전속 궁녀였다.

양이의 옆에는 호바스가 앉아있었다. 책상 위에 발을 올린 호바스는 손가락을 빙빙 돌리며 천장만을 쳐다봤다.

"어이 양이. 뭐 재밌는 일 없나?"

"프레야코가 진정될 때까지는 없다."

양이는 안경을 올리며 말했다.

"대결은 원하는 대로 해줬으니 대기해라."

호바스는 입을 삐죽 내밀며 자리에서 일어났다. 항상 같은 방식이었다. 호바스가 원하는 대로 대결을 해서 도 시를 빼앗으면 그것을 양이가 안정시켰다.

"으으으, 찌뿌둥해."

"얼마 안 걸리니까 참아라."

검왕이라는 구심점이 사라진 프레야코는 장악하기 쉬 웠다. 전의를 상실한 대부분의 검사들은 항복했고, 몇몇 반란군이 산속에 숨어들었지만, 그것도 쉽게 토벌될 것이 다. 그때, 한 워커가 히죽거리며 들어왔다.

"양이 대장님. 반란군 3명을 붙잡았습니다. 어떻게 할 까요?"

양이는 슬쩍 아이사를 쳐다봤다.

"너는 검왕의 딸이다."

"그, 그렇습니다."

양이의 시선에 아이사는 식은땀을 흘렸다. 잠시 침묵하던 양이는 살짝 미소를 짓더니 보고를 위해 들어온 워커에게 말했다.

"이 여자를 데리고 가서 녀석들 앞에서 곤장이나 쳐줘라. 죽지 않게 조심하고. 그리고 다 치면 반란군 놈들은 죽여."

"하하하, 알겠습니다."

아이사가 양이의 말에 화들짝 놀라며 양이와 워커를 번갈아 쳐다보았다.

"너도 리더의 딸이라면 반란군에 대한 책임은 져야지. 뭐하냐? 어서 데려가라."

"자, 잠깐! 잡지 마세요."

아이사는 다가오는 워커를 노려보며 말했다.

"내, 내가 알아서 걸어갈 테니까."

"뭐, 그럼 나야 일이 줄어서 고맙지."

민중을 조종하기는 쉽다.

반란군을 나쁜 녀석들로 만들면 되는 것이다. 프레야코의 시민들에게는 지금까지의 생활을 보장함으로서 전과 같은 편안함과 안전함에 중독되게 한다. 생활에 아무 지장이 없다는 것으로 바뀌어버린 대가리를 정밀하게 봉합한다.

아이사는 아직 쓸만하다. 사람들은 아이사를 사랑한다.

그런 아이사가 반란군 때문에 곤장을 맞았다는 사실을 뿌리면 사람들은 반반으로 대치한다.

반란군을 지지하는 쪽과 지지하지 않는 쪽.

하지만 양이는 알고 있다. 결국 반란군을 지지하지 않는 쪽이 이기리라는 것을.

그들은 모두에게 말할 것이다.

반란군을 만들어서 워커들을 왜 건드리냐? 괜히 긁어 부스럼 아닌가? 실제로 아이사 공주님이 그 때문에 곤장을 맞았다. 다음은 우리 차례일 수도 있다.

그런 공포심과 지금의 생활을 지키고 싶다는 생존본능은 과거의 왕 따위 순식간에 잊으리라는 것을.

"양이 대장님."

또 다른 워커가 다가와 고개를 숙였다.

"동쪽 입구에 한 분이 양이 대장님을 찾아왔습니다."

"동쪽 입구? 누구지?"

"이름은 아직 말하지 않으셨습니다."

"누군데? 누군데 그래? 너 표정 보니까 잡히는 게 있는 거 같은데."

호바스가 눈을 밝히며 물었다. 마침 누구라도 붙잡고 승부를 겨루고 싶던 참이었다.

"내가 마중하러 간다. 호바스 너는 순찰이라도 돌아. 반란군 잡아오면 상을 주지."

"에이, 그놈들 잡기 쉬운데. 승부는 좀 어려운 게 재밌는데 말이야."

"오, 그래? 10명 잡아오면 도시 밖으로 나갈 수 있는 걸 허락해주지. 아, 제피스차는 필요 없어. 약속은 지키마."

"그 말 잊지 마라."

호바스는 인사도 없이 왕궁을 나섰다.

양이는 한숨과 함께 일어났다. 차라리 잘된 일이었다. 지금 온 손님이 누구인지 양이는 거의 100% 확신하고 있었다.

워커들은 자존심이 강하다. 네오니드의 전투조도 한 끝발 날리던 녀석들로 이루어져 있었다.

이름을 밝히지도 않고 다른 길드의 워커들을 부릴 수 있는 사람.

이 미궁에 그런 사람은 한 사람뿐이다.

입구로 나간 양이는 후드를 뒤집어쓴 여자에게 고개를 숙였다.

"오랜만입니다. 여제."

후드를 입고 있던 여자는 그제야 얼굴을 보였다. 살짝 웨이브가 들어간 금발 머리와 백옥같이 하얀 얼굴.

포사토이오의 여제. 티아 칸.

양이의 예상대로 그녀였다. 티아는 양이를 보자마자 미소를 지으며 말했다.

"버티는 녀석들도 꽤 있더군."

철의 장교.

티아 칸의 첫 번째 각성. 정신력이 웬만큼 강하지 않은 자는 그녀의 목소리에 저항할 수가 없다.

"그나저나 프레야코를 차지하고 얼마 되지도 않았는데. 역시 포사토이오의 정보력은 알아줘야겠군요."

"그 정보를 팔러 왔지."

"일단 안으로 들어오시지요."

양이는 티아를 바로 접견실로 데리고 갔다. 여제가 왔다는 것을 호바스가 알면 대화를 시작하기도 전에 제피스차가 판을 벌일 것이 분명했다. 양이는 자리에 앉자마자 차 하나 없이 먼저 입을 열었다.

"겨우 정보를 팔러 이 먼 길을 홀로 오셨을 리는 없겠고. 항상 같이 다니는 탄생의 인도자가 없는 것이 그 이유입니까?"

"신문을 보았군."

"매일 보죠. 중요한 정보들이 많으니."

양이는 미소를 지었다.

"그럼 5명의 인도자가 전부 나타났다는 것도 알겠군."

"아, 그렇죠. 몇 주 전 신문이었죠."

양이는 창고에서 신문을 꺼내 앞에 펼쳤다. 1면에 인도자가 전부 등장했다는 기사가 실려있었다.

"2명이나 인도자가 자유계약으로 풀려 있으니. 길드들이나 다른 왕국이나 그들을 찾고 있겠죠."

"그 인도자에 대한 것이다."

양이는 흥미를 보이며 몸을 앞으로 숙였다. 티아는 덤덤하게 말을 이어갔다.

"죽음의 인도자가 어딨는지를 알려주지."

양이의 눈이 빛났다.

죽음의 인도자.

미궁에서 가장 강력한 단일 개체라고 알려져 있는 죽음의 인도자. 그를 포섭하기만 한다면 미궁에서 가장 강력한 길드가 되는 것도 꿈은 아니었다.

쉽지는 않을 것이다. 죽음의 인도자를 회유하기가 쉬웠다면 티아가 정보를 팔 리도 없으니까.

그럼에도 시도할 가치는 충분했다. 무엇보다 이쪽에는 분쟁의 인도자가 있었다.

"그걸 알려주는 이유를 알 수 있을까요? 정보를 팔러 왔다면 공짜는 아닐 테니."

"역시 양이는 말이 잘 통해서 좋아. 호바스 같은 미친놈 버리고 내 밑으로 오는 게 어때?"

"하하하, 미친놈을 섬기는 재미도 쏠쏠합니다."

"내가 원하는 거? 글쎄, 일단은 호의라고 받아둬라."

양이는 정색하며 티아를 쳐다봤다. 티아는 그런 양이에게 최대한 아름다운 미소를 지어줄 뿐이었다.

※

"분쟁의 인도자는 프레야코에 있어."

그 말을 토대로 혼은 프레야코로 향하고 있었다. 천화가 길 안내를 위해 최전방에 섰다. 그 바로 옆을 하양이가 지켰고, 혼은 그 바로 뒤를 지켰다.

"야, 꼭 가야 해?"

"오버로드가 인도자들을 노리고 있다는 사실을 안 이상 인도자들끼리 힘을 합쳐야지. 각개격파를 당할 수는 없으니까."

"그래도, 그놈 완전 살짝 돈 놈이라니까."

"미궁에 돌지 않은 놈이 있을까. 다 미친놈들이야. 너도, 나도. 천화도."

니나는 입을 꾹 다물었다.

물론 혼의 말에는 동의한다. 수 십명을 죽이면서 살아온 현 미궁의 사람들은 모두 미쳤다면 미친놈들일 것이다. 그러나 호바스는 격이 다르다. 그는 생존을 위해 만들어진 미궁 상식에서도 벗어난 놈인 것은 확실했다.

호바스를 아는 니나는 걱정되기 시작했다. 대화가 통하는 상대가 아니라는 것을 그녀는 잘 알고 있었기 때문이다.

"천천히 좀 가자."

니나는 생각하는 것을 관두었다. 혼도 대화가 통하는 상대가 아니었다. 무엇보다 인질로 잡혀있는 니나가 그들의 안위까지 걱정해줄 필요는 없지 않은가.

"혼자 뒤로 처져서 죽고 싶으면 그러도록 해. 너도 인도자니까 오버로드들이 사랑을 듬뿍 줄거다."

니나는 입맛을 다셨다.

"말 참~ 예쁘게 해. 천화는 왜 저런 놈이랑 다녀?"

"강하니까요?"

아르마티아가 니나의 가슴에서 얼굴을 내밀었다.

"강하긴 하지. 강하긴 해. 근데 성격이 더럽잖아."

"에이, 인도자님도 항상 능력 있는 남자를 만나야 한다고 했잖아요."

"능력 있고 착한 남자라고 했지."

"혼씨 착하잖아요. 천화씨한테는."

"저게?"

"현실적인 것과 못된 거랑은 다른 거죠."

아르마티아가 손을 꺼내 니나를 가리켰다. 자신의 가슴에서 튀어나온 인간에게 삿대질을 당하는 것은 또 색다른 경험이었다.

"너무 색안경 끼신 거……."

니나는 아르마티아의 검지를 잡아 꺾었다.

"꺄아악!"

"건방지게 누구한테 삿대질이야? 그리고 색안경을 낀 게 아니야."

니나는 아르마티아의 손가락을 놓아주었다.

"내 입장에서는 나쁜 놈이니까. 천화가 아깝다는 거지. 천화가 우리 길드로 오면 참 좋을 텐데."

"아오오오……, 뭐 그건 저도 같은 생각이에요."

아르마티아는 니나의 몸속으로 이동하며 말했다. 그때 옆으로 다테가 다가왔다.

"천화 노려?"

"아, 아니야."

니나는 시선을 회피했다. 다테는 삶은 감자를 베어 먹고는 말을 이어갔다.

"우리 마스코트는 못 데려간다."

"저 개가 마스코트 아니었어?"

니나는 걸어가는 하양이를 가리켰다. 하양이는 개라는 소리에 니나를 째려보았다.

니나는 흠칫 놀랐다.

"백령이 말을 알아듣나 보네."

"저 이상으로 키워본 적은 없지만 말은 잘 알아듣더라고. 그보다 천화를 데려갈 생각하지 말고 네가 들어오는 건 어때?"

다테는 진담 반, 농담 반을 섞어 말했다.

다테와 천화는 니나와 꽤 친해졌다. 인질의 몸이었지만 두 사람은 딱히 니나를 적대하지 않았다.

그게 그들의 성격이든, 아니면 니나를 회유하려는 작전이든 니나 입장에서는 덕분에 마음 편히 브로크데일에서 살 수 있었다.

니나는 잠시 머뭇거리더니 고개를 획 돌렸다.

"두, 둘이 포사토이오로 들어오고 싶다면 내가 잘 말해주지."

"차였네."

다테는 감자를 입에 욱여넣고는 혼과 천화를 따라가기 위해 속도를 올렸다.

"뭣하며 그 티아라는 여자랑도 같이 들어오라고. 우리 길드는 열려있으니까."

"어이없어."

니나는 멀어져가는 다테의 등 뒤에 중얼거렸다.

지금 진심으로 왕국 포사토이오의 여제가 3명뿐인 길드에 길드원으로 들어올 것으로 생각하는 걸까.

농담이라도 그런 말을 할 수 있다는 사실에 어이가 없을 뿐이었다.

산길로 들어가자 미궁의 벽뿐만이 아니라 절벽이나 산벽에 막힌 길도 꽤 많았다. 천화는 지도를 통째로 외웠기 때문에 그런 장애물을 피해 꼬불꼬불 이동했다.

"여기에요."

천화가 멀리 보이는 입구를 가리켰다. 혼은 예전에 입었던 검은 후드를 꺼내 입었다.

이제부터는 니나가 앞장설 차례였다.

네오니드의 사람들과 니나는 아는 사이였다. 니나가 포사토이오의 전령이라고 말을 하면 쉽게 들여보내 줄 것이다.

하양이는 니나의 옆에 섰다.

"긴장하지 말라고."

혼은 니나의 등을 밀었다. 니나는 심호흡을 하고 앞으로 걸어갔다.

입구는 돌로 쌓은 관문으로 막혀있었다.

문 앞에 대기하고 있던 워커가 인상을 쓰며 일어나 니나의 앞을 막았다.

"이름과 길드명, 방문 이유."

워커는 긴장한 채 말했다.

어떤 경우에도 방문자가 반가운 경우는 없다. 이들이 인간형 괴수일지, 아니면 네오니드에 반감이 있는 워커들일지는 아무도 모르기 때문이다.

물론 네이니드를 정면에서 습격하는 미친놈은 많지 않겠지만.

"게이트 대장을 불러줘."

게이트의 대장은 니나의 얼굴을 알고 있었다. 남자는 잠시 기다리라고 말한 뒤 종을 울려 게이트 대장을 호출했다.

성벽 위에서 니나를 확인한 대장은 황급히 문을 열고 밖으로 나왔다.

"아, 오셨습니까?"

혼은 뒤에서 살짝 미간을 찌푸렸다.

'오셨습니까?'

마치 기다렸다는 것처럼 들리지 않는가. 니나는 위화감을 느끼지 못한 듯 말을 이어갔다.

"안으로 들어가도 되겠습니까?"

"혹시 모르니 정보지를 받아봐도 되겠습니까?"

"그러죠. 정보 소환."

니나는 정보지를 불러와 게이트 대장에게 슬쩍 보였다.

길드란에 포사토이오가 적혀 있지 않기 때문에 이름만 보이게끔.

이름을 확인한 게이트 대장은 조심스럽게 미소를 지으며 말했다.

"확인했습니다. 아, 요즘 오버로드를 조심하라는 명령이 떨어져서. 혹시나 누군가가 니나님으로 변장했을 수도 있지 않습니까?"

남자는 부탁하지도 않은 변명을 하며 몸을 돌렸다.

"따라오십시오. 안내하겠습니다."

"봤지?"

니나가 슬쩍 걸음 속도를 줄이며 의기양양하게 말했다.

혼은 고개를 끄덕였다.

"보긴 봤는데 말이야. 뭔가 이상하지 않아?"

"뭐가 이상해? 완벽하게 들어왔잖아."

"마치 우리가 오고 있다는 것을 알고 있는 듯이 말했잖아. 리첼리아."

-네~ 인도자님~.-

"몰래 이동해서 정탐 좀 해봐라."

-분부대로~.-

리첼리아는 밖으로 나오더니 바늘로 바뀌어 공중을 날아갔다.

"하양이는 뭔 일 일어나면 천화부터 데리고 도망쳐라."

-시키지 않아도 그렇게 할 생각이다.-

혼은 고개를 절래 흔들고는 이제 막 보이기 시작한 왕궁을 바라봤다.

고대 동양의 왕궁과도 비슷한 모양의 성이었다.

마당을 컸으며 안쪽으로 커다란 집 3개가 좌우, 그리고 바로 앞에 자리 잡고 있었다.

"양이 대장님은 저 안채에서 대화 중입니다."

게이트 대장은 손으로 안채를 가리켰다.

"누구랑 대화 중이지?"

니나가 고개를 끄덕인 순간 혼이 끼어들며 말했다. 보통은 안쪽에 계신다고 말하지 않던가.

안쪽에서 대화 중이라고?

누군가와 함께 있다고 유추할 수 있었다. 그렇다면 함께 있는 인물은 누구란 말인가.

"아, 모르고 계셨습니까?"

게이트 대장은 의아하다는 듯 고개를 갸웃거리며 말했다.

"이상하네요. 안에는……."

드르륵.

문이 열렸다.

"어머, 그리운 얼굴들이 많네."

금발 머리의 미녀. 제복을 입고 있는 그 모습에 니나와 천화, 그리고 다테의 동공이 확장되었다.

티아는 의기양양한 미소를 지었다. 이번에야말로 혼을 앞질렀다는 생각이었다. 비록 혼이 프레야코로 올 것을 예측하지는 못했으나 결과적으로 니나는 이제 티아의 손이 닿는 곳에 있었다.

니나는 티아를 보자마자 화들짝 놀람과 동시에 환하게 웃었다.

"티아!"

티아는 팔을 벌려 안겨오는 니나를 맞이하며 혼을 노려봤다. 혼의 표정에는 변화가 없었다.

'강한 척하기는.'

티아는 희미하게 미소를 지었다.

표정 변화가 없다고 심경 변화가 없는 것은 아닐 것이다. 혼의 얼굴이 패배감에 절어 일그러지는 표정을 기대했었지만 아무래도 상관없었다.

혼은 분명 현 상황에 굉장한 스트레스를 받고 있을 테니까.

"잠시 상황을 보아하니……."

양이가 슬쩍 앞으로 걸어 나왔다. 티아의 반응과. 니나의 등장. 그리고 전혀 우호적이지 않은 혼의 분위기를 전부 조합하면 혼의 정체가 나온다.

바로 죽음의 인도자.

티아가 어떤 이유에선가 네오니드에게 맡겼던 그자다. 양이는 흥미롭다는 표정으로 혼을 훑어보다가 입을 열었다.

"제 예상이 맞다면 혹시 죽음의 인도자 아니십니까?"

"그 말대로."

"오, 그렇습니까? 그런 분이 프레야코까지는 무슨 일로?"

"협력을 원해서 왔다."

혼의 말에 양이는 슬쩍 티아를 쳐다봤다.

티아는 양이가 재고 있다는 것을 알아냈다. 인도자가

협력을 위해서 왔다는 말에 약삭빠른 양이의 두뇌가 다른 시나리오를 짜고 있는 것이었다. 그러나 티아의 입장에서는 전혀 상관이 없는 일이었다.

이제 니나를 데리고 프레야코를 빠져나가기만 하면 되니까.

그건 니나를 되찾는 것에 비하면 너무도 쉬운 일이었다.

"양이, 그럼 나는 이만 가보지."

티아는 혼과 양이를 돌아보며 말했다. 양이는 섣불리 대답하지 못했다. 여기서 가지 말라고 하는 것은 전쟁을 선포하는 것이었다.

양이가 대답하지 못하고 있는 사이 티아가 혼의 옆을 스쳐 가며 말했다.

"결국에는 네가 졌구나. 빚은 갚을 테니 기대하고 있어."

천화와 다테도 티아의 말을 똑똑히 들을 수 있었다. 그 순간마저도 혼의 표정은 얼어붙은 듯이 변함없었다.

마지막 순간까지 허세.

티아는 혼이 반응을 보이지 않은 것이 마지막 순간까지 허세를 피우는 것이라고 생각했다.

그러나 그런 그녀의 걸음을 멈추게 하는 사람이 있었다.

"티아……."

니나가 우뚝 서며 작게 말했다.

티아는 그런 니나를 돌아봤다. 그제야 티아는 미묘하게 변한 혼의 얼굴을 볼 수 있었다.

그것은 미소.

티아가 원했던 혼의 얼굴과는 반대의 표정이었다.

"하하하, 여제가 여기있을 줄은 몰랐네."

혼은 그제야 입을 열며 티아를 마주 봤다. 티아는 굳은 얼굴로 니나와 혼을 번갈아 보았다. 니나는 면목없다는 듯이 고개를 푹 숙이고 있었다.

"우리의 니나씨는 일종의 계약이 걸려 있어서 말이야."

"계약?"

티아는 고개를 갸웃했다.

"헛소리. 계약 따위가 미궁에서 위력이 있을 것으로 생각해?"

"있어. 위력이 있는 계약이."

혼은 천화의 어깨를 안아 끌었다. 천화는 어리둥절한 얼굴로 혼과 티아를 번갈아 보았다.

"인도자는 다섯이잖아. 또 다른 인도자가 누구라고 생각해?"

"또 다른 인도자?"

"화합의 인도자 말이야."

"화합…… 설마?"

티아는 매섭게 천화를 노려보았다. 화합의 인도자가 천화란 말인가. 혼이 죽음의 인도자이기 때문에 또 다른 인도자는 그의 근처에 없을 것이라고 생각했던 티아의 패착이었다.

"화합의 인도자라면 강제력이 있는 계약이 가능하다. 그 말이야? 니나."

"역시. 여제와의 대화는 빨라서 좋아."

니나는 고개를 끄덕였다.

니나가 잡은 티아의 팔이 살짝 떨리고 있었다. 눈에 보일 정도는 아니었으나 상기된 그녀의 얼굴에서 내면의 분노를 느낄 수 있었다.

혼은 그런 티아에게 계속해서 말했다.

"특별히 계약의 내용을 알려주지. 첫째, 니나는 메이즈 헌터를 탈퇴할 수 없다. 둘째, 니나는 그 어떤 상황에서도 나의 편에 서서 행동해야 한다. 그리고 마지막, 니나는 나, 혼에게서 1km이상 떨어질 경우 알아서 나의 근처로 돌아온다."

혼의 말이 시작될 때부터 티아는 뚫어져라 혼을 노려보고 있었다.

혼의 말은 전부 사실일 것이다. 허세를 부릴 상황도 아니었고, 허세를 부려봤자 금방 들통이 날 것이니까.

그 사실이 티아를 더욱 열 받게 했다.

계약의 내용대로라면 니나는 혼에게서 떨어지는 것은 커녕 더는 포사토이오의 사람이 아니었다. 손을 맞잡고 있었지만 니나는 아직도 티아에게서 너무나도 멀리 떨어진 존재였다.

"망할 자식."

티아는 부들부들 떨리는 손으로 미간을 짚었다.

지금이라도 당장 혼을 찢어 죽이고 싶었다. 그러나 그럴 경우 니나는 티아의 앞을 막아서야 한다.

어떤 상황에서도 혼의 편에 서서 행동해야 하기 때문이었다. 지금의 니나는 자신의 의지와는 상관 없이 티아의 적이었다.

티아도 니나를 해치고 싶은 마음은 추호도 없었다.

그렇다면 이제 어떻게 해야 하는가. 가만히 생각하던 티아는 뭔가를 깨달은 듯이 고개를 들었다. 그녀의 시선은 더 이상 혼을 향하고 있지 않았다. 그녀는 천화를 쳐다보다가 말했다.

"화합의 인도자가 죽으면 계약도 파기되겠네."

파해법을 찾았다. 니나는 혼의 편에 서야 했다. 그러나 천화의 편은 아니었다. 가벼운 말장난이었지만 편에 선다고 해서 혼의 명령을 들어야 하는 것은 아니었기 때문이었다. 혼만 공격하지 않으면 니나와 싸울 필요는 없다.

천화만 죽이면 된다.

티아는 손을 들었다.

"자, 잠시만. 잠시만. 여제님!"

양이가 화들짝 놀라 뛰어나오며 말했다. 이대로 티아가 혼과 싸우게 놔둘 수는 없었다. 죽음의 인도자는 인도자들 중 가장 강력한 대인능력을 지녔고, 티아의 힘은 양이도 잘 알고 있는 것이었다.

이제 막 안정되고 시작한 프레야코의 시민들에게 나쁜 모습을 보이면 도시를 완벽하게 장악하는데 시간이 더 걸릴 것이 분명했다.

"이야, 남의 집 안방에서 뭐하냐?"

그때, 저 멀리서 한 남자가 걸어왔다.

티아와 혼은 고개를 돌렸다. 남자와는 초면인 혼은 남자와 대면하자마자 그의 정체를 알 수 있었다.

분쟁의 인도자.

한껏 기분좋은 미소를 짓고 오는 호바스를 보며 양이의 속에는 반가운 감정과 걱정스러운 감정이 동시에 생겨났다.

호바스의 미소를 알기 때문이다.

'좋아하고 있군.'

인도자라는 것을 떠나 호바스는 상대의 그릇을 감정하는 능력이 탁월했다. 덕분에 잔챙이들은 항상 양이와 다른 워커들이 몫이었다. 호바스는 오로지 한 분야의 강자들을 그들의 분야에서 격파하는 것을 즐겼다.

타고난 승부사.

호바스는 현실 세계에서도 그것을 업으로 삼고 살던 사람이었다. 스포츠면 스포츠, 도박이면 도박, 게임이면 게임.

순식간에 배워 그 분야의 최강자들과 승부를 겨루던 남자.

지상최강의 승부사라고 업계에서는 이름을 날렸던 남자다. 한 가지 유일한 단점이라면 단순하게 말해 미친놈이다.

시도때도 없이 상황도 보지 않고 상대와 겨루는. 오로지 누군가를 짓밟고 이기는 것에만 흥미를 갖는 미친놈.

'망했다.'

티아와 혼의 분쟁만으로도 머리가 아픈 와중에 골칫덩이가 굴러들어온 것이다. 어찌 되었든 지금 프레야코에서 무언가 큰일이 벌어진다는 것은 시민들을 장악하는데 부정적일 수밖에 없다.

양이는 호바스가 입을 열기 전에 선수를 쳤다.

"호바스, 지금은······."

"이야, 도시 내에서 싸움은 금지되어 있는데. 여제가 몰랐나 봐?"

티아는 미간을 찌푸리며 호바스에게로 몸을 돌렸다.

"아무리 그래도 여제를 체포하기는 조금······."

호바스는 말끝을 흐리며 윙크했다.

능글맞은 새끼.

티아는 이를 갈았다. 여기서 호바스와 대립해서 좋을 것이 하나도 없었다. 아무리 양이가 쉽게 움직이지 못한다 하더라도 이곳은 호바스의 안방이었다.

티아는 진정한 듯 어깨에 힘을 뺐다.

"양이. 방은 있나?"

"손님방이라면 많습니다."

"그럼 하나 줘. 차차 이 상황에 관해서 이야기하지."

"알겠습니다."

양이는 미소와 함께 고개를 숙였다. 그는 궁녀 몇몇을 시켜 티아의 안내를 명령했다.

"그리고 이놈 방도 내 방 근처로 해줘."

혼과 니나는 1km 이상 떨어질 수가 없었다. 만약 혼이 왕궁 반대편 방을 사용한다면 니나는 쉴 새 없이 혼에게로 돌아가려 할 것이다.

"걱정하지 마라. 바로 옆 방 잡아줄 테니까."

"한 마디도 안지는 건 여전하네."

티아는 니나의 손목을 잡아끌며 궁녀들의 뒤를 따라갔다.

한바탕 폭풍이 지나가고 자리에는 양이와 호바스, 그리고 혼 일행만 남았다. 잠시 침묵하던 양이는 다시 사람 좋은 미소를 지으며 입을 열었다.

"자, 그럼 협력이라는 것에 대해 들어볼까요?"

혼이 도착하자마자 내뱉었던 말.

두 인도자가 협력을 위해 네오니드로 왔다는 것은 어떻게 보면 행운 중의 행운이었다. 운만 좋은 인도자를 3명이나 보유한 유일한 왕국이 될 수 있었다. 그 뜻은 팽팽하던 3 왕국의 균형이 네오니드 쪽으로 기운다는 것을 뜻했다.

"한시가 급하니 본론만 말하지. 오버로드가 인도자들을 노리고 있다."

"그건 당연한 거 아닌가요? 새삼스럽게……."

"4성급들이 우리가 브로크데일에 있는 걸 알고 쳐들어왔더군. 그건 새삼스럽지 않지?"

양이의 표정이 굳는 것이 보였다.

인도자가 5명 나타났다는 것은 신문을 통해서 알고 있었다. 신문에서는 그에 따른 가십거리들을 떠들어대고 있었다. 그중에 오버로드들의 활동이 더욱 활발해 질 것이라는 문구도 있긴 있었다.

"그럼 활발해진다는 것이 인도자를 노린다는 것인가……."

양이는 턱을 잡고 생각에 빠졌다.

그 시각 호바스는 가만히 혼을 응시하고 있었다.

-대단하지 않습니까?-

호바스의 등 뒤로 제피스차가 빠져나왔다. 밖에서 직접 자신의 눈으로 혼을 보고 싶었던 것이다.

그만큼 혼은 이상한 남자였다. 뭐든 정점에 이른 자는 특이한 냄새를 풍겼다.

혼의 냄새는 그중에서도 색달랐다.

"그래, 대단하네."

호바스는 흥분을 감추지 않았다.

혼은 자신과 동류였다. 극한의 상황에서 살아남은 승부사. 그가 원했든, 원치 않았든 혼은 항상 극한의 상황을 살아왔다는 것을 알 수 있었다. 그러므로 호바스는 더욱더 혼을 부수고 싶었다.

언제나 시련을 헤쳐온 사람은 단단하다. 이 세상의

그 어느 것과도 비교할 수 없을 정도로.

그것을 직접 손으로 부수는 재미는 극상의 황홀감을 선사했다.

"뭐, 급할 거 있나?"

양이가 고민하고 있을 때 호바스가 입을 열었다.

"쉬면서 천천히 대화해보자고."

"오버로드가 오고 있다는 말 못 들었나?"

"하하하하."

호바스는 육성으로 웃더니 혼에게 걸어와 어깨를 짚었다.

"뭘 그러나? 재밌지 않아? 오버로드들이 찾아온다는 거. 쉽게 볼 수도 없던 것들이잖아. 양이, 방 안내해줘."

호바스는 그렇게 말하며 뒤를 돌았다. 제피스차는 혼의 뒤에 서 있는 리첼리아에게 손가락으로 인사하며 호바스의 몸 안으로 들어갔다.

"제피스차 언니……."

리첼리아가 중얼거렸다.

"언니라고 부르냐?"

"뭐, 그냥 호칭이 그렇다는 거죠. 나이는 다 똑같은데 나이들어 보이니까."

"그래서, 저 천사는 뭔데?"

리첼리아는 입을 씰룩거리며 말했다.

"주인 닮아 미친년이죠."

그날 밤.

티아는 홀로 밖으로 나와 양이가 있는 사무실로 향했다. 양이는 기다렸다는 듯이 찻잔을 두 개 준비해놓고 원형 탁자에 앉아있었다. 양이는 티아가 들어오자 자리에서 일어나며 손으로 의자를 가리켰다.

"앉으시죠. 기다리고 있었습니다."

"기다리고 있었다니? 예언하는 기술이라도 얻었나?"

"그런 각성이 있으면 꼭 하고 싶군요."

티아는 자리에 앉았다.

티아 입장에서 네오니드는 무조건 같은 팀으로 끌어들여야 하는 상대였다. 니나를 완벽하게 혼에게서 해방 시키려면 천화를 죽여야 했다. 만약 네오니드가 그것을 도와준다면 훨씬 확실하고 안전하게 그 일을 성사시킬 수 있을 것이다.

그것을 예측한 양이는 기다리고 있던 것이다. 티아 입장에서는 시간이 많지 않았으니 오늘 아니면 내일 찾아

오리라는 것도 쉽게 알 수 있다.

"걱정이 많겠습니다."

"그럼 없겠냐?"

티아는 주변을 둘러보았다. 양이는 그런 그녀에게 안심하라는 듯이 말했다.

"호바스는 없습니다. 대화가 안 통하니까요."

"그래, 그럼 다행이지."

양이와 티아는 닮았다.

합리적이며 이득과 손해를 완벽하게 계산한 뒤에 행동한다. 그런 두 사람이 존재하기 때문에 네오니드와 포사토이오는 크게 부딪히는 일 없이 서로를 견제하며 왕국을 키워나갔다.

티아는 양이를 신뢰하고 있었다.

그가 감정적으로 선택하지 않으리라는 것을. 오로지 이득과 손해를 따져서 손을 잡을 상대를 선택하리라는 것을.

혼에게서 협력이라는 말을 들은 이상 양이는 득실을 따지고 있을 것이다.

그럴 때일수록 빠르게 달콤한 제안을 던져야 한다는 것을 티아는 잘 알고 있었다. 양이가 원하는 달콤한 제안.

티아는 그것이 뭔지를 알고 있었다.

"이번에 내 일을 도와주면 포사토이오의 정보력 전체를 주지."

니나가 창조한 동물들은 미궁 전역에 깔려 있었다. 비록 많은 수가 괴수들에게 당하고, 워커들에게 당해 사라지기는 하지만 그녀가 만든 다람쥐나, 개미 같은 작은 생물들은 수많은 정보를 포사토이오에 전해주고 있었다.

니나는 그 정보를 자신이 창조한 컴퓨터로 받아 확인했다.

덕분에 포사토이오는 언제나 정보력에서는 길드 중 최고라고 볼 수 있었다.

양이는 정보가 이 미궁에서 얼마나 중요한 것인지를 잘 알고 있었다. 신문으로는 알 수 없는 작은 정보 하나하나가 어떨 때는 일의 성패를 가르기도 했으니까.

"그렇습니까?"

양이는 팔짱을 끼었다.

방어적인 자세. 티아는 양이를 보며 살짝 눈 끝을 찌푸렸다. 제안은 달콤했지만 두 명의 인도자를 전부 가지는 것과 비교할 경우 그렇게 엄청난 이득도 아니었다.

아니, 이득이더라도 더 끌어낼 수 있을 만큼 티아에게서 뽑아낼 생각이었다. 티아를 상대로 협상의 주도권을 쥐는 것은 처음이자 마지막일 수 있는 일이었다.

"당연히 동맹도 해준다. 통행권도."

"그럼 자유롭게 포사토이오의 영지를 드나들 수 있다는 것이군요."

"무역해도 되고, 우리 영지를 지나 다른 도시를 점령해도 된다. 프레야코에서는 가깝지?"

양이는 미소를 지었다.

티아가 줄 수 있는 것은 전부 나왔다. 이 이상을 꺼내려다가는 티아도 전면전을 펼칠 가능성이 컸다. 양이는 고개를 끄덕이며 찻잔을 입을 가져갔다.

"좋은 거래였습니다. 그 정도라면 도와드리죠."

포사토이오와 네오니드가 동맹을 맺으면 그 순간부로 미궁의 지배자는 티아와 양이가 된다는 뜻이었다. 호바스는 강자와 대결하는 것만이 낙인 사람인지라 명예욕도, 지배욕도 없었다.

단순히 패자를 만들고 짓밟으면 끝일 뿐.

양이는 달랐다.

뭐든지 지배해야 한다. 능력만으로 인간을 지배하는 것이 가능한 세계가 바로 미궁이었다.

양이는 그 세계의 정점이 되겠다고 마음먹었다. 그리고 그것은 순조롭게 진행 중이었다. 이번에 굴러들어온 복까지.

'하늘이 도와주는군.'

티아가 브로크데일에서 레드 핸드와 전투를 벌였다는 것은 신문을 통해 알고 있었다. 그렇지만 거기서 니나를 잃었을 줄이야.

그것도 아무리 인도자가 있다고 해도 고작 3명뿐인 길드에 말이다.

"그래서 뭘 해드리면 되겠습니까?"

"아쉽긴 하겠지만 화합의 인도자는 죽였으면 해."

"그건 그렇겠죠."

양이는 납득했다는 듯이 고개를 끄덕였다.

천화를 죽이지 않으면 니나에 대한 계약이 풀리지 않는다. 천화를 협박하든, 설득하든, 다른 그 어떤 방법보다 확실한 것이 죽이는 것이다.

"죽음의 인도자가 붙어있는 것이 불안하군요."

죽음의 인도자는 강력하다.

비록 싸워본 사람은 없지만 그가 가장 강하다는 것은 상식이었다. 각각의 인도자는 특성을 부여받는다. 분쟁의 인도자는 분쟁을 일으키고, 화합의 인도자는 화합할 수 있게 되어있었다.

그 말은 어떤 방식이든 죽음의 인도자는 사람을 죽이는 데 특화되어 있다는 것이다.

"다시 말하지만 프레야코에서 전투는 힘듭니다. 만약 일이 벌어지면 반란군이나 시민들이 일어날 것이기 때문입니다."

양이의 말대로 프레야코에서 전투하는 것은 마지막의 마지막에나 쓸 방법이었다. 전투 없이 천화를 죽일 방법.

혹은 전투가 일어났다는 것을 모르던가.

"한 번에 처리하면 됩니다."

전투를 할 필요가 뭐가 있겠는가. 이곳에는 트라이 마스터만 수 십 명이 존재한다. 일순간에 숙소를 날려버리면 제아무리 인도자라 할지라도 어쩔 수 없었다. 가장 확실하고 쉬운 방법이었다.

"만약 숙소 안에 없으면?"

"새벽에 다들 나가 돌아다니지는 않겠지요."

양이가 말했다. 혼이 밖에 있다고 하더라도 상관없다.

양이는 혼까지 죽일 생각이었다.

어찌되든 천화를 죽이는 이상 혼은 절대로 네오니드의 밑으로 들어오지 않을 것이기 때문이다. 그렇다면 다른 왕국에 인도자를 빼앗기기 전에 제거해야 했다. 아무리 죽음의 인도자라 할지라도 20명이 넘는 트라이 마스터를 이기는 것은 힘들 테니 말이다.

"말이 잘 통해서 좋네."

티아는 미소와 함께 말했다.

"그저 네오니드를 위할 뿐입니다."

티아는 미소와 함께 자리에서 일어났다. 대화는 잘 풀렸다. 이제 남은 것은 혼과 천화를 찢어 죽이는 일뿐이었다.

밖으로 나온 티아는 하늘을 올려다보며 말했다.

"내일은 날씨가 좋겠네."

❖

같은 시각, 혼은 밖으로 나와 왕궁 안을 걷고 있었다.

만약에 사태를 대비할 필요가 있었다. 티아가 이곳에 있다는 것을 안 이상 그녀는 어떻게 해서든 천화를 죽이려고 할 것이다. 지형을 알아두면 상황이 긴박하게 돌아가더라도 정확한 판단을 내릴 수 있다.

그렇게 돌아다니던 혼은 어둠 속에서 엉기적거리며 움직이는 인형을 발견하고는 멈춰 섰다.

'잠입한 사람처럼은 보이지 않는데.'

혼은 습관적으로 어둠 속으로 숨어 인형을 관찰했다. 눈치를 보며 걷고는 있었으나 자객과 같은 느낌은 아니었다.

거기다가 의미를 알 수 없는 엉거주춤함까지. 혼은 수상해 보이는 그 인형의 뒤를 천천히 밟았다.

달이 환하게 비추는 곳이었다.

인형의 주인공은 여자였다. 궁녀복을 입은 여자는 어기적거리며 걸어가 한 곳에서 멈춰서 주저앉았다. 혼은 여자가 들고 있는 것들을 가만히 살폈다.

여자가 들고 있는 것은 바구니였다. 그것도 기다란 줄이 달린 바구니.

여자는 바닥에 손을 가져가더니 끙끙거리며 뭔가를 잡아끌었다. 그러자 철제문이 열렸다.

혼은 그때 밖으로 튀어 나갔다. 어느 정보라도 있으면 도움이 될 것이라는 판단이었다. 바구니를 땅속으로 넣고 있던 여자는 혼의 등장에 화들짝 놀라며 줄을 놓쳤다.

"꺄악!"

엉덩방아를 찧은 여자는 고통에 신음하며 몸을 돌려 엎드렸다. 혼은 양손을 들어 보이며 해칠 생각은 없다는 것을 표현했다. 여자는 신음소리를 내며 자리에서 일어나지를 못했다. 혼은 여자에게 손을 내밀며 말했다.

"괜찮나? 놀라게 해서 미안하군."

"누군가?"

땅 밑에서 묵직한 남자 목소리가 올라왔다.

혼은 작은 구멍 아래로 시선을 돌렸다. 창살로 막혀 있는 구멍 안에는 사람의 팔이 달빛에 흐릿하게 비춰 보였다. 혼은 인상을 쓰며 조금 더 자세하게 보기 위해 애쓰며 말했다.

"그러는 당신은 누구지?"

"내가 먼저 묻지 않았나?"

혼은 잠시 생각하다가 입을 열었다.

"볼 일이 있어 이곳에 들른 워커라고 해두지. 자, 그럼 그쪽의 정체를 들어볼까."

"땅 아래 갇혀 있는 남자라고 해두지."

혼은 피식 웃었다. 정확한 정보를 받기 전까지는 할 말이 없다는 뜻이었다. 혼은 고개를 돌려 겨우 일어난 여자를 돌아봤다. 여자는 이제야 고통이 좀 사그라들었는지 거친 숨을 내쉬며 혼을 바라보고 있었다.

"넌 누구지?"

여자는 혼을 경계했다.

"잠깐. 말하기 싫으면 추리를 해보지."

혼은 그렇게 말하며 턱을 잡았다.

니나에게 얻은 정보는 프레야코로 네오니드가 움직이고 있다는 것이었다. 그리고 예측도착 시점도.

즉 네오니드는 원래부터 프레야코를 가지고 있던 것이

아니다. 그렇다면 프레야코를 차지하는 것에 있어서 뭔가 일이 벌어졌다는 것.

그렇다면 이런 땅 밑 감옥에 갇혀 있는 사람은 프레야코에서 가장 중요한 인물이라고 생각할 수 있었다.

프레야코의 대표, 혹은 왕. 그리고 그 남자에게 먹을 것을 주는 것은 심복이었거나, 전용 궁녀였거나, 혹은 가족.

"너, 이 아래 있는 사람의 소중한 사람이겠군."

여자는 당황했다.

적중했다. 프레야코는 네오니드에게 자발적으로 도시를 맡긴 것이 아니라 빼앗긴 것이었다.

그렇다면 이 여자의 경계심을 허물기는 쉽다.

"그럼 더욱더 나에게 말을 놓는 것이 좋을 거야. 나는 네오니드의 해체를 원하는 사람이니까."

어느 정도는 사실이다. 호바스를 같은 팀으로 끌어들여 인도자들만의 방어체제를 갖추는 것이 혼이 노리고 있는 것이었다. 어떤 의미로는 네오니드에서 호바스를 끌어내야만 하는 일일 것이다.

호바스와 네오니드가 포섭이 된다 하더라도 안전지대에 넣 놓고 있을 수는 없으니 말이다.

혼의 말을 들은 여자의 눈동자가 흔들렸다.

"그, 그게 정말입니까?"

"아이사."

땅 밑에서 남자 목소리가 올라왔다.

아이사는 손을 부들부들 떨며 혼과 땅을 번갈아 쳐다보았다.

워커는 믿을 수 있는 존재가 아니다. 그것은 프레야코에 오랫동안 내려온 말이었다. 워커들은 대부분 이기적이고 욕심이 많다. 그렇기 때문에 프레야코는 워커들을 배척해왔다. 비록 지금은 네오니드의 손에 떨어졌지만 그렇다고 하더라도 다른 워커의 손을 빌리는 것은 굴욕적인 일이었다.

검왕은 혼을 믿지 않았다.

그러나 아이사는 달랐다.

지옥에서 불지옥으로 간다고 달라지는 것은 없다. 고통이 한계까지 다다르면 그보다 더한 고통은 무섭지 않다.

다만 지옥을 벗어날 확률이 단 1%라도 있다면 그것을 잡고 싶을 뿐이다.

혼은 지옥에서 벗어나게 해주겠다고 말하고 있었다.

설령 그것이 악마의 유혹이더라도 아이사는 그 악마의 손을 잡고 싶었다.

그렇게 한참을 멍하니 혼을 쳐다보고 있던 아이사는 결심이 섰는지 한숨을 깊게 내쉬며 말했다.

"저는 프레야코의 전 공주. 아이사라고 합니다."

"아이사."

검왕이 다시 한 번 아이사의 이름을 불렀다. 워커에게 도움을 받는 것은 멍청한 일이라는 것을 검왕은 너무나도 잘 알고 있었다.

"워커는 기댈 상대가 아니다."

"아버지."

아이사가 낮지만 확신에 찬 목소리로 말했다.

"난, 그놈들을 죽일 수 있다면 워커든 오버로드든, 손잡을 거예요."

혼은 미소를 지었다.

'쓸 만하겠다.'

왕권제 도시.

오히려 대표가 있는 도시보다도 훨씬 좋은 상황이었다. 왕권제라면 왕을 따르는 사람들이 적든 많든 있을 것이다. 아무리 네오니드가 도시를 먹었다 하더라도 반란군은 존재할 것이다.

"공주님이시군."

"아래 갇혀있는 분은 검왕이십니다. 저희 아버지기도 한."

"검왕?"

"프레야코 제일의 검사입니다."

"오, 그래?"

혼은 구멍을 쳐다보았다. 프레야코가 뛰어난 검사를 다수 보유하고 있다는 것은 혼도 알고 있는 사실이었다.

다만 그 수준을 정확히 모를 뿐이었다.

"아무리 강하더라도 워커에게는 안된다는 건가? 용케도 지금까지 버텼군."

아이사는 혼을 노려봤다.

"워커한테 안된다고요?"

참을 수 없는 분노가 가슴에서 들끓었다. 검왕은, 아버지는 워커 따위는 단칼에 죽일 수 있는 그런 사람이었다. 아이사는 떨리는 손을 부여잡고 천천히 말하기 시작했다.

"아, 아버지는 3성 오버로드도 홀로 격파하는 사람입니다. 워커 따위는 상대가 안 되었어야 합니다."

"3성 오버로드?"

혼은 매서커를 떠올렸다.

3성 오버로드가 얼마나 강한지 혼은 잘 알고 있었다. 매서커를 이긴 것은 엘리아, 루시오, 헥터가 그녀의 힘을 빼놓았기 때문이라고도 할 수 있었다.

그런 3성급 오버로드를 혼자 상대하는 자가 호바스한테 진 것이다.

"인도자의 능력을 몰랐을 뿐입니다. 저희 아버지는 같은 상대에게는 두 번 지지 않아요…… 분명 그럴 겁니다."

"확신은 없군."

아이사는 입으로 내뱉으면서도 다음에는 검왕이 이길 것이라 확신하지 못했다. 그만큼 호바스는 완벽하게 검왕에게 승리를 따냈다. 그리고 그와 동시에 검왕의 팔까지 가져갔다.

"잠깐, 그리고 얘기를 들어보니 일대일로 싸웠던 거 같은데. 맞나?"

이이사는 묵묵히 고개를 끄덕였다. 혼은 흥미롭다는 듯이 고개를 끄덕였다.

'굳이 일대일을 했다는 건가? 분쟁의 인도자라.'

그때 밑에서 검왕이 한숨 섞인 목소리로 말했다.

"놈은 터무니 없이 강하다."

"왜 그래? 인도자가 뭐 대수인가. 나도 인도자라고. 그렇지? 리첼리아."

"헬로우~."

혼의 말과 함께 리첼리아가 모습을 드러냈다. 아이사는 눈을 동그랗게 뜨고 혼을 쳐다봤다.

"이, 인도자?"

"그래, 인도자. 똑같은 인도자라면 승산이 있지 않을까?"

아이사는 희망에 찬 눈으로 살짝 고개를 끄덕였다. 인도자는 고작 이 미궁에 5명뿐이다. 그것도 전부 나타났을 때 다섯 명인 것이다.

아이사는 희망에 찬 눈으로 혼을 바라봤다. 적어도 호각은 아닐까? 아니, 이길 수 있을 것이다. 같은 인도자라면 이길 수 있다고 믿고 싶었다.

"인도자라고 다 같은 인도자는 아니지."

검왕의 회의적인 말이 구멍에서 흘러나왔다. 리첼리아는 구멍을 노려보며 어이없다는 듯이 말했다.

"뭐야? 재수 없게."

"3왕국의 인도자들은 베테랑이다. 그건 미궁인이든 워커든 모를 수가 없지. 그러나 너는 이제 막 능력을 얻은 인도자가 아니었나?"

혼은 고개를 끄덕였다. 이제 막 능력을 얻은 인도자라는 것은 정답이었다. 상대가 베테랑이라는 것도 사실이었다.

"놈은 괴물이다."

검왕은 체념한 듯한 목소리로 말했다.

그것을 가만히 듣고 있던 혼은 미소를 지어 보였다.

아이사는 걱정스럽게 혼을 쳐다봤다.

혼이 희망일까, 아니면 상황을 더욱 악화시킬 독약일까. 잠시 아이사가 망설이는 사이 혼이 그녀를 보며 말했다.

"호바스가 사는 곳은 어디냐?"

아이사는 머뭇거렸다. 이대로 호바스가 있는 곳을 알려줘야 하는가? 만약 그랬다가 상황이 악화되면 아버지는? 자신은 어떻게 되는 것일까?

생각은 꼬리에 꼬리를 물고 늘어졌다. 그러나 한 가지 확실한 것이 떠올랐다.

이대로 평생 네오니드의 밑에서 당하고 사는 것보다 차라리 꿈틀거리고 죽는 것이 낫다는 것이다.

아이사는 속에 있던 공기를 코로 쏟아냈다.

"따라오세요."

아이사는 엉기적거리며 발걸음을 옮겼다.

"잠깐만."

혼은 그렇게 말함과 동시에 아이사의 입을 막았다. 아이사는 화들짝 놀랐지만, 이윽고 엉덩이에 통증이 사라지는 것을 느꼈다.

"혈석이다. 똑바로 걸어라."

"아, 네. 아, 그리고 만약 싸우게 된다면……."

"싸워? 누가?"

"네?"

아이사는 당황해하며 말을 더듬었다. 혼은 피식 웃더니 아이사의 등을 쳤다.

"안내나 하라고."

호바스의 성격과 현 상황을 전부 다 이해했다. 이제 남은 것은 호바스를 영입하는 것뿐이었다.

❖

같은 시각. 프레야코 인근 미궁.

한 여자가 코뿔소처럼 생긴 괴수 위에 앉아있었다. 여자는 무표정하게 하늘만 쳐다보며 시간을 죽였다.

단발머리에 창백한 얼굴. 붉은 작은 키에 마른 몸을 가진 여자는 따분해 죽겠다는 듯이 하품했다.

"이봐, 명령은 언제 오는 거야? 늙어서 죽어버리는 거 아닌지 몰라."

벽에 기대어 조용히 눈을 감고 있던 남자는 여자의 질문에 대답하지 않았다.

"야아. 대답 좀 해봐. 명령은 언제 내려오는 거야?"

"내가 알겠는가?"

남자는 계속된 질문에 한숨을 내쉬며 말했다.

"아아, 저 앞에 있는 건 확실한데."

여자는 신음을 내며 끙끙 앓았다. 프레야코 안에 인도자가 있는 것은 분명하다.

오버로드 4성급.

인도자를 찾아내는 또 다른 감각 가진 이들은 그들의 대략적인 위치를 파악할 수 있었다. 인도자가 미궁에 있으면 정확히 알 수는 없겠지만 거대한 도시에 있다면 불확실한 정확하게 드러난다.

현재 4명의 인도자가 프레야코에 모여 있었다. 그에 비해 현재 4성급 오버로드는 여자와 남자. 단둘뿐이었다.

"페이스레스가 당했다. 둘이서는 못 덤벼."

남자가 말했다. 여자는 알고 있다는 듯이 고개를 끄덕였다.

"그래도 말이야. 우리가 여기서 이렇게 대기하다가 저놈들이 도망치면 또 쫓아야 하는 거 아니야? 귀찮잖아. 안 그래?"

"그래서 어쩌자는 거지?"

"들어가서 정찰이나 하자. 솔직히 우리가 오버로드인지 쟤들이 알까? 조용히 잠입해서 숨죽이고 있자고. 응? 이 정도면 별로 명령 위반도 아니잖아."

"아니, 명령위반이다. 대기라는 명령이 떨어진 이상 나는 대기한다."

"나는?"

여자가 고개를 갸웃거렸다.

"너는 너만의 판단이 있겠지."

남자의 말에 여자는 미소를 지었다.

"좋아. 그럼 나는 알아서 하겠어."

"혼나는 것도 너의 책임이다."

"결과만 좋으면 상관없잖아? 내가 녀석들이 도망칠 거 같으면 잡아놓을 테니까 빨리 지원병력이랑 합류해서 들어오라고."

여자는 혀를 살짝 내밀고는 괴수의 등에서 뛰어내렸다.

"웃차."

"마음대로 해라. 페이스레스가 당한 놈들이니 너무 무리는 하지 마라. 네가 죽으면 내가 무슨 소리를 들을지……."

"아, 싫다, 싫어. 그 잔소리."

여자는 미소를 지었다.

"그런 어려서 공사도 구분 안 되는 어린놈보다는 내가 훨씬 강하거든."

남자는 한숨을 쉬었다.

"강한 건 몰라도 어린 건 세월이 지나도 똑같은 거 같네."

남자의 말을 들었는지 못 들었는지 여자는 프레야코를 향해 짧은 다리를 성큼성큼 내디뎠다.

"어이, 안텐."

"또 왜?!"

프레야코의 입구를 향해 성큼성큼 걸어가던 안텐은 신경질적으로 고개를 돌렸다.

"이제 좀 가자."

"이거 가져가라."

남자가 던진 것은 소라고둥처럼 생긴 물건이었다. 안텐은 그 물건이 무엇을 의미하는지를 알고 있었다.

"어머, 진짜? 고맙네. 이거."

"절대로, 위험한 상황이 아니면 사용하지 마라. 귀찮으니까."

"알았어, 알았어. 위험한 일도 없을 거야."

"그렇게 쉽게 보다가 페이스리스가 당한 거다. 혼자서 들어갔다가 말이야."

"안 싸운다니까 잔소리 완전 대박."

안텐은 고개를 절래 흔들었다.

안텐은 곧바로 프레야코의 입구로 향했다.

프레야코의 입구에는 트라이 마스터들을 비롯해 몇몇 듀얼 마스터들이 대기하고 있었다. 안텐은 몸을 완전히 낮추어 바닥을 기었다. 앞에서 경비를 서고 있던 남자는 기척 없이 다가오는 안텐의 움직임을 파악하지 못했다.

안텐은 남자의 뒤를 잡은 뒤 입을 벌렸다.

그 순간 안텐의 입에서 무언가가 튀어나와 남자의 뒷목을 가격했다. 남자의 동공이 눈 밖으로 튀어나올 듯이 커졌다.

"으, 으으윽."

남자의 동공이 눈꺼풀 뒤로 돌아갔다. 안텐은 그제야 슬쩍 자리에서 일어나 남자에게 다가가 말했다.

"문 좀 열어 주시겠습니까?"

남자는 고개를 끄덕이더니 자연스럽게 문지기에게 안으로 들어갈 일이 있다고 말을 했다. 안텐은 문이 열린 틈으로 마치 거미처럼 들어갔다.

"헤헤, 쉽네 뭐."

안텐은 미소와 함께 어둠 속으로 기어들어갔다.

❖

해가 떠올랐다.

티아는 잠을 설쳤다. 프레야코의 산맥 사이로 해가 떠오르는 것을 보며 그녀는 희미하게 미소를 지었다.

오늘로 일을 끝낼 수 있을 것이다.

혼에게 당했던 오욕의 역사에서 벗어날 수 있는 날이 된 것이다. 티아는 자리에서 일어났다. 그녀는 새근거리며 자는 니나를 바라봤다.

잠시 기다리자 양이가 걸어왔다. 양이는 새벽부터 일어나 몇몇 정예 트라이 마스터들을 선별했다. 은밀하게 움직이는 작전에는 실력 좋은 소수가 어중간한 다수보다 훨씬 나았다. 트라이 마스터 여섯을 대기 시켜놓은 양이는 티아에게 꾸벅 인사했다.

"날씨가 좋지 않습니까? 조금 쌀쌀한 것이 일벌이기에는 딱 좋은 날이군요."

"그렇구나."

티아는 잡담을 길게 할 생각이 없었다. 중요한 일일수록 최선의 최선을 선택해 진행해야 했다.

일단 중요한 것은 천화의 처리다. 화합의 능력자의 능력이 정확히 무엇인지 모르는 이상 그녀가 능력을 발휘하기 전에 선수를 치는 것이 중요했다. 혼과 그의 일행은 티아의 숙소에서 그리 떨어지지 않은 곳에 있었다.

"어디서 대기 중이지?"

"모두 떨어져 있습니다."

"계획은?"

"쉽게 말하면 자다가 날벼락입니다."

천화와 혼이 인도자라는 것은 알고 있다. 그러나 그들이 정확히 어떤 능력을 사용하는지에 대한 정보는 없었다. 그럴 때는 포격이 최선의 수였다.

"제가 준비한 인원은 전부 방출형 원을 가지고 있죠. 비록 손님방이 날아가겠지만, 인도자를 잡는 가격으로는 싼 편이죠."

티아는 고개를 끄덕이고는 다시 방으로 들어가 니나를 데리고 나왔다. 비몽사몽 한 상태로 나온 니나는 양이를 보고는 흠칫 놀랐다.

"뭐, 뭐야?"

"위험하니까 좀 떨어져 있자."

티아는 니나의 손목을 잡아끌었다.

"위험하다니 뭐가?"

티아는 작게 미소를 지었다. 니나는 티아가 무슨 생각을 하고 있는지 알 수 있었다. 지금 티아는 어제 말한대로 천화를 죽이려고 하는 것이었다. 거기에 양이가 동조했을 뿐이다. 니나는 티아의 손을 뿌리쳤다.

"뭐야? 뭘 하려는 거야?"

"널 자유롭게 만들 생각이지."

"잠깐만. 아니, 그래서 어떻게 하려고?"

"어떻게라니? 방법은 하나밖에 없잖아. 혼이라는 놈은 대화가 통하는 상대도 아니고, 난 그놈과 대화하기도 싫어. 그럼 죽여야지. 미궁은 그렇잖아?"

"아, 그, 그렇긴 한데. 그래도 말이야. 다른 방법도 있잖아. 왜? 천화는 착해. 잘 말하면."

"착하지만 동시에 충신이지."

티아도 천화의 성격을 완벽하게 파악하고 있었다. 천화는 착하다. 그녀의 박애주의 정신은 높게 살만하다. 그러나 그런 천화가 남을 배려할 수 있을 만큼 배려하고도 살아남은 이유가 있다.

바로 신용도.

미궁에서 가장 필요한 덕목이라고도 할 수 있었다. 신용도가 없는 사람은 결국 어딘가에서 버려졌을 테니까.

천화는 절대적으로 혼에게 해가 되는 행동을 하지 않는다. 티아 입장에서는 가장 껄끄러운 상대였다. 회유할 수 없기 때문이다.

"그런 적은 죽이는 게 답이야. 괜히 같은 편으로 끌어들이기 위해 살려두었다가는 결국 비수가 되어 돌아올 테니까."

"잠깐만, 그래도."

"니나."

티아가 정색하며 니나를 돌아봤다.

니나로서는 처음 보는 티아의 무표정이었다. 니나는 마른 침을 삼키며 티아를 가만히 쳐다봤다.

"언제부터 내 말에 토를 달았지?"

"티아……."

"넌, 나만 따라오면 돼. 언제나 그랬듯이."

니나는 아무 말도 할 수 없었다. 지금까지는 그렇게 티아의 등을 보며 미궁을 헤쳐나왔다. 천재 소리를 들으며 현실에서 대접을 받던 니나였지만 미궁에서 그림 그리는 능력은 쓸데 없는 것이었다.

그런 니나를 끌어준 것이 티아였다.

티아는 우수했다. 누구보다 판단이 빨랐고, 사람을 죽이는 것에 망설임이 없었다. 항상 옳은 선택을 했고, 그 결과가 왕국 포사토이오다.

니나는 그런 티아를 항상 믿어왔다.

"하지만……."

니나는 목구멍을 넘어오는 말을 참았다. 그래, 이번에도 티아가 옳을 것이다. 아마 자신은 감정에 치우쳐 제대로 된 판단을 못 하는 것으로 생각했다.

천화는 언제나 니나를 인질이 아닌 인격체로 대해줬었다. 그리고 4성 오버로드가 쳐들어왔을 때는 망설임 없이 앞으로 나서서 지켜주기도 했던 것이 천화다. 적어도 천화와의 기억은 그렇게 나쁘지 않았다.

'아니야. 그래도 적이다.'

니나는 답답한 가슴을 부여잡고 티아를 따라 이동했다.

어느 정도 이동하자 양이가 불꽃을 쏘아 올렸다. 그와 동시에 여섯 방향에서 제각각의 원이 발사되었다. 불기둥이 바닥에서 솟아올랐고, 푸른 광선이 강타했다. 수천 개의 칼날이 그 속을 휘젓는 것 또한 보였다.

티아는 만족한 듯 미소를 지었다.

됐다!

여섯 개의 원거리 원. 그것은 마치 작은 핵폭탄과도 같은 것이었다. 방사능은 없지만 원의 영향권 안에 있는 모든 것이 흔적도 없어 사라지는 것이다.

10초도 되지 않아 결과물을 확인할 수 있었다.

손님방은 완벽하게 소멸하였다. 어제까지만 해도 먹고, 잘 수 있었던 손님방이 있던 자리에는 커다란 구멍 하나만이 남겨져 있었다. 티아는 그제야 만족한 듯 육성으로 웃기 시작했다.

"하, 하하. 하하하하하!"

한참을 웃던 티아는 하늘을 쳐다보며 중얼거렸다.

"끝났다."

길고 길었던 혼과의 매듭을 끝낸 것이다. 이제 아무런 걱정 없이 니나를 데리고 포사토이오로 돌아가기만 하면 끝이다.

허무할 정도로 간단한 마무리였다. 그러나 미궁에서의 전투는 허무하게 끝나는 것이 많았다. 티아는 어떠냐는 듯이 자신을 바라보는 양이에게 미소와 함께 고개를 끄덕여 주었다.

"좋았다. 약속한 것은 전부 지키지."

"걱정하지 않습니다. 여제님은 항상 약속을 지키니."

"그럼 뒷수습 잘하길."

티아는 니나를 잡아끌었다. 그러나 니나는 우두커니 멈춰 서서 가만히 다수의 원(元)에 의해서 생긴 구멍을 쳐다볼 뿐이었다.

"니나. 빨리 가자."

티아는 니나를 잡아끌었다. 하지만 여전히 니나는 꿈쩍도 하지 않았다. 티아는 니나가 허탈감에 발을 떼지 못하고 생각하고 있는 힘껏 그녀를 잡아끌었다. 하나 여전히 니나는 꿈쩍하지 않는다.

"무슨……."

티아가 중얼거릴 때 니나가 한 걸음 앞으로 움직였다.

힘에서는 티아가 단연 우세였다. 그럼에도 티아는 속수무책으로 니나에게 끌려가고 있었다. 티아는 무언가 잘못되었다는 것을 눈치채고는 양이를 쳐다봤다.

그와 동시에 머릿속에 혼이 말했던 계약의 내용이 떠올랐다.

1km 이상 혼과 니나가 떨어질 경우 니나는 혼에게로 돌아간다.

'죽었음에도 그 효과가 유지되는 것인가?'

순간적으로 그렇게 생각했지만 아니다. 아직 계약이 유효하다. 그 뜻은 단순하게 천화와 혼이 죽지 않았다는 것으로 볼 수 있었다. 티아는 이를 바득바득 갈며 니나를 멈추기 위해 안간힘을 썼다.

"크윽."

"여제님, 이대로 따라가기만 하면 놈들이 어딨는지 알수 있습니다. 가게 놔두지요."

"후."

티아는 니나의 손을 놓았다. 니나는 자아를 잃어버린 사람처럼 일정한 속도로 걸어나가기 시작했다.

'제길.'

짜증이 이성을 마비시킬 정도였다. 끝났다고 생각했었기에 허탈감은 배가 되어 돌아왔다. 그러나 화내고 있을 상황이 아니었다. 지금 니나가 향하는 곳에 혼이 있다면, 그리고 천화가 있다면 단숨에 그들을 제거해야만 했다.

니나를 따라 한참.

왕궁 뒤편의 마당에 천화와 다테가 보였다. 천화는 하얀이의 머리를 쓰다듬으며 앞을 뚫어지게 쳐다보고 있었다.

다른 곳에 시선이 팔린 순간이 기회였다. 니나도 점점 느려지더니 이내 걸음을 멈췄다. 티아는 곧장 원을 사용했다.

대영제국의 군대.

"쏴라!"

순식간에 소환된 수 십대의 탱크들이 일제히 불을 뿜었다. 천화의 평화협정이 발현되기 전에 상황을 종료해야 했다.

포탄은 허공을 가르고 날아가 천화와 다테의 앞에서 터졌다. 정신이 이제 막 돌아온 니나는 회색연기를 양손으로 막으며 뒤로 자빠졌다.

"꺄악!"

'죽었나?'

티아는 연기가 사라지기를 기다렸다.

"망할."

천화와 다테는 그대로 서 있었다. 마치 아무 일도 없었다는 것처럼 두 사람은 티아를 돌아보고 있었다.

보이지 않는 벽이 천화와 다테를 보호하고 있었다. 티아보다 약간 느리게 현장에 도착한 양이는 머리를 긁적였다.

"이런, 한발 늦었네."

양이는 티아의 공격이 막힌 이유를 알고 있었다.

천화와 다테가 보고 있는 것. 그것은 제피스차가 만든 현황 중계였다. 그 안에는 호바스와 혼의 모습이 보였다.

호바스와 혼이 무언가로 승부를 겨루고 있는 것이다.

분쟁의 인도자의 능력.

호바스가 분쟁의 상대로 지목한 자들은 제피스차의 능력으로 보호받는다. 인도자들의 능력은 세상의 규칙을 무시한다.

그렇기 때문에 미궁 최강자들이라는 것이다.

일반적인 방법으로는 이제 천화와 다테를 건드릴 수가 없다. 티아는 이미 그 사실을 알아낸 것만 같았다.

"망할 자식."

또 한발 늦어버렸다. 언제나 혼은 자신보다 한 걸음 앞서 있었다. 브로크데일때도 그랬고, 지금도 그러했다. 티아는 분노를 이기지 못하고 머리를 쥐어뜯었다.

"으아아아!"

티아의 외침을 아는지 모르는지 화면 속의 혼과 호바스는 서로를 바라보며 대결준비를 마쳤다.

❖

시간은 어젯밤으로 돌아간다.

아이사에게 안내를 받아 호바스의 방에 도착한 혼은 망설이지 않고 노크했다. 호바스는 문을 열고 나와 혼을 보고는 낄낄거리며 웃었다. 잠시 그가 웃게 놔둔 혼은 방 안을 슬쩍 가리키며 말했다.

"잠시 들어가도 될까?"

"물론이지. 들어와라."

호바스는 소파로가 다리를 꼬며 앉았다. 혼은 그 근처에 의자를 골라잡고 앉았다. 아이사는 가만히 문밖에서 어떻게 할 줄 몰라하며 가만히 서 있었다.

"뭐해? 들어오던가. 문을 닫든가 해라."

아이사는 머뭇거리다 호바스의 방 안으로 들어갔다.

과거 검왕이 쓰던 방에는 여러 명검들이 걸려있었다. 호바스는 마치 그것들을 자신의 수집품처럼 하나하나 가리키며 혼에게 자랑했다.

"어때? 이번에 얻은 거다. 멋지지?"

"무기라면 제일 멋진 걸 가지고 있어서 말이야. 그보다 내가 찾아온 게 기분이 좋나 보군."

호바스는 표정을 숨기고 있지 않았다.

"그럼, 그럼. 당연히 기분이 좋지. 나도 어느 정도 정보는 가지고 있거든. 왜 그런 거 있지 않냐? 미궁에서 가장 강한 사람은 누굴까? 그런 순위 매기기? 난 그런 걸 좋아하지."

"그런가?"

"그래, 승부사니까."

호바스는 초콜릿을 하나 까서 입에 넣어 씹었다. 그의 뒤로는 제피스차가 요염하게 서 있었다. 제피스차는 앞으로 걸어 나와 혼을 지긋이 쳐다봤다. 그런 제피스차의 앞을 리첼리아가 막아섰다.

"언니, 뭐하는 거야? 남의 인도자님을 그렇게 야시꾸리하게 쳐다보고."

"어머, 전혀. 그냥 신기해서. 오랜만의 죽음의 인도자잖아."

인도자의 발현빈도는 제각각 달랐다. 화합의 인도자와 죽음의 인도자는 매우 희귀한 인도자였다. 화합의 인도자가 될 만한 사람은 미궁에 들어와 트라이 마스터가 될 때까지 버티는 일이 많지 않았고, 죽음의 인도자는 단순한 살인자의 수준을 넘어선 학살자가 되어야 했다.

반대로 분쟁의 인도자는 굉장히 자주 나타나는 인도자였다. 미궁에 넘어와 생존한 자들은 당연히 분쟁 속에서 살아가게 되기 때문이다.

덕분에 리첼리아는 항상 백수. 제피스차는 인기인이었다.

"이번 죽음의 인도자는 어때?"

"언니 주인보다는 훨 낫지. 멋있고, 능력 있고, 밤에 격렬한 운동도 함께하고……."

"어머."

제피스차는 입을 가리고 리첼리아를 가만히 쳐다봤다. 혼은 굳이 어울려주지 않았다. 확실히 격하게 운동을 하긴 한다. 다만 리첼리아를 일루미나로 변환시킨 뒤 말이다. 한계가 없어진 몸은 단련하면 할수록 강해지기 때문이다.

"너처럼 나온 곳도 없는 여자랑? 취향이 이상하신 거 아닌가?"

"뭐라는 거야 이 망할 여자가!"

리첼리아가 버럭 소리를 질렀다.

"리첼리아. 돌아와라."

혼은 빠르게 리첼리아를 안으로 불러들였다. 계속해서 리첼리아가 떠들게 놔뒀다가는 한도 끝도 없을 것 같았다. 호바스는 리첼리아가 투덜거리며 혼의 몸속으로 사라지는 것을 보며 배를 잡고 웃었다.

"유쾌한 천사네. 그럼 나는 하던 말을 계속하지. 어쨌든 모두가 인정하는 미궁의 최강자는 누굴까?"

"글쎄다. 그건 생각할 가치가 없지. 최강자도 목이 잘리면 죽는다. 상황에 따라 최강자는 바뀌는 거니까."

"그런 복잡한 것은 생각하지 말자고."

호바스는 혼의 앞으로 걸어왔다.

"내가 봤을 때는 말이야. 모두가 최강자라고 하면 그놈이 최강자인거야. 그리고 지금은 네가 최강자지."

호바스는 의미심장하게 웃었다.

"내가 그렇게 유명했는지 몰랐네."

"왜 유명하지 않아. 죽음의 인도자는 언제나 최강자였다고."

호바스의 말대로다.

죽음의 인도자는 단일 개체의 전투력으로 본다면 가장 강력한 워커였다. 사람을 죽이는 것을 능력으로 가진 자.

이 미궁안에 모든 워커, 오버로드에게 죽음을 선사할 수 있는 자만이 죽음의 인도자가 되는 것이다.

"기쁘지. 그런 네가 나한테 굴러들어와 줬으니."

"그렇군."

혼은 고개를 끄덕였다.

"지금 상황은 정확히 알고 있나?"

"그 오버로드가 인도자를 노리고 있다. 뭐 그거 말인가? 별로 상관없잖아. 오버로드들이 워커를 싫어한 것이 하루 이틀은 아니다."

"그들이 단체로 움직이고 있다면?"

호바스는 정색하며 혼을 쳐다봤다.

사실 단체로 움직이고 있는지 아닌지는 모른다. 그러나 3성급 오버로드로인 메서커가 다른 오버로드들을 조종했던 것을 보면 4성급 오버로드도 그러할 가능성이 컸다. 오버로드 한 둘을 이길 수 있는 실력이라 하더라도 위험한 상황이다.

"음, 단체로 움직이고 있다라……."

혼은 가만히 호바스의 대답을 기다렸다. 턱을 붙잡고 이리저리 왔다 갔다 하다가 발을 멈췄다.

"그거 진짜 오지게 재밌을 거 같은데?"

혼은 살짝 눈을 감았다.

생존본능보다도 승부 욕구가 더 심하다니. 일단 첫 번째 작전은 빗나간 것이다. 어느 정도 신변의 위협을 느끼면 대화가 가능할 수도 있다고 생각했던 혼이지만 아무래도 생각보다 더 완벽하게 머리가 돈 녀석이었다.

혼이 두 번째 말을 꺼내기 전에 호바스가 혼에게로 다가왔다.

"그보다 난 너와의 대결이 즐거울 거 같군. 죽음의 인도자."

미궁 최강의 타이틀.

그것은 호바스가 가장 탐내는 타이틀이었다.

힘과 실력이 전부인 미궁에서 최강자가 된다는 것은 사실상 미궁의 지배자가 되다는 것과 다름이 없었다. 죽음의 인도자는 미궁을 자기 세상처럼 떠돌아다닐 수 있는 자였다. 만나는 워커는 전부 죽이고, 원하는 것은 전부 빼앗아 자신의 것으로 할 수 있는 권력자.

호바스는 그 권력자를 자신의 발밑에 꿇리고 싶었다.

혼은 그런 호바스의 마음을 그의 표정에서 읽고는 한숨을 쉬었다.

"어이, 진정해라. 승부는 해줄 거다."

"그거 듣던 중 반가운 소리군. 제피스차."

호바스의 말에 제피스차가 나타났다. 그녀가 손가락을

튕기자 공간이 뒤틀리며 사방이 검은색으로 변했다. 하늘도 없고, 땅도 없는 오직 검은 공간. 빛 한점 없는 곳이었지만 신기하게도 멀리 있는 아이사까지 보였다.

"이게 너의 능력인가?"

"그렇다고 할 수 있지."

호바스는 제피스차를 힐끗 쳐다봤다. 제피스차는 사무적인 목소리로 말했다.

"종목을 선택하겠습니다. 선택권은 분쟁의 인도자인 호바스님에게 있습니다."

분쟁의 인도자의 능력.

그것은 승부의 종목과 룰을 결정하는 것이었다. 분쟁의 인도자의 능력은 전투적으로는 도움이 되지 않지만 자신에게 유리한 판을 짤 수 있다는 점에서 매우 강력했다.

막말로 가위바위보가 분쟁의 종목이 되어 목숨을 좌지우지할 수도 있었다. 모든 것은 호바스의 마음대로다.

이 능력은 절대적 승리를 불러올 수도 있는 강력한 것이다. 그러나 혼은 긴장하지 않았다. 다른 누군가가 이 능력을 가지고 있었다면 꽤 큰 위기라고도 할 수 있겠으나 이 능력의 주인은 호바스였다.

승부를 사랑하는 승부사.

그는 검왕에게 검으로 도전했다고 한다. 골프 천재에게

는 골프로, 축구선수에게는 축구로.

즉 자신이 불리한 상황을 즐기는 자다.

혼은 호바스가 절대로 자신에게 불리하면 불리했지 유리한 조건에서 승부를 시작할 리는 없다고 생각했다.

그리고 그 예상은 맞아떨어졌다.

"단순하게 어떤 방법으로든 상대방을 죽이면 끝나는 것으로 하지. 죽음의 인도자와 살인으로 대결한다. 캬~ 멋진 일 아닌가?"

혼은 고개를 끄덕였다. 어차피 선택권은 호바스에게 있는 것. 혼은 자신에게 유리한 조건으로 해줬다는 것에 고마울 뿐이었다.

그렇다 하더라도 혼은 쉽게 생각하지 않았다.

반대로 말하자면 이 미궁 안에서, 그 어떤 누구도 평범하지 않은 이곳에서 호바스는 항상 불리한 승부를 해왔고, 그것을 이겨냈다는 뜻이 된다. 절대적인 실력이 없는 한 그것은 불가능한 일이었다.

실제로 3성 오버로드를 이긴 검왕을 검으로 싸워 제압한 것이 호바스다.

호바스는 턱을 쓰다듬으며 혼을 지긋이 바라봤다.

"이거, 이거. 너 내가 승부를 걸 것을 기대하면서 왔구나."

"기대는 하지 않았다. 예상했을 뿐이지."

"너한테 유리한 승부를 걸어올 것도?"

"그렇지 않았다면 이 자리에 오지 않았겠지."

혼은 살짝 미소를 지어 보여줬다. 호바스는 그제야 박장대소하며 탁자를 두 번 내리쳤다. 보통 어느 한 분양의 장인들은 호바스가 승부를 걸어오면 두 가지 중 한 반응을 보였다.

비웃는 자.

흥분하는 자.

혼은 어느 한쪽도 아니었다. 단순하게 승부를 담담히 받아들이고 상대를 살피고 있었다. 승부사로서 살며 경험해본 바 이런 유형의 사람은 항상 극상의 쾌락을 안겨주었다.

"역시, 넌 나와 동류다."

"인도자로서는 동류겠군."

"아니, 극을 찍은 사람."

극과 극은 통한다. 어느 분야도 극으로 가는 길은 비슷하기 때문이다. 호바스는 지금까지 달인이라 불리는 수많은 사람을 만나보았지만 혼만큼 극을 찍은 사람을 만나본 적이 없었다.

혼은 흥분하고 있는 호바스에게 말했다.

"뭔가가 더 남아있지 않나?"

"좋은 포인트. 승자에게는 보상이 필요하지."

호바스는 잠시 생각하다가 말했다.

"난 네가 나의 부하가 되었으면 좋겠군. 너 같은 남자를 개처럼 부려 먹으면 그것도 재밌을 거 같네."

호바스는 혼의 반응을 기다리는 것만 같았다. 혼은 표정 하나 없이 고개를 끄덕인 뒤에 말했다.

"나는 두 가지를 걸겠다. 가능한가?"

"두 가지가 뭐냐에 따라 다르겠지. 판단은 제피스차가 한다."

"그럼 말해보지. 첫 번째는 우리가 대결하는 동안 내 길 드원들의 안전을 책임져 달라. 그리고 두 번째는 내가 승리할 경우 내가 주는 서약서를 읽고 사인만 해주면 된다. 가능한가?"

"가능합니다."

제피스차는 고개를 끄덕였다.

승리시 조건.

그것이 분쟁의 인도자가 가지고 있는 진정한 능력이라 고도 할 수 있었다. 쉽게 설명하자면 화합의 인도자가 가 지고 있는 서약서와 비슷한 것이었다.

화합의 인도자의 능력은 상대를 설득하는 것에서 시작

한다. 협박이든, 설득이든 상대가 직접 서약서에 사인하면 서약서의 내용이 강제성을 가지게 되는 것이다.

분쟁의 인도자도 비슷하다. 무엇으로 승부할지를 결정하고, 승리시 상대에게 무엇을 요구할 것인지를 결정한다.

승자는 모든 것을 얻고, 패자는 모든 것을 잃는다.

화합의 인도자와는 정반대에 있는, 그러나 가장 비슷한 인도자.

검은 공간이 사라지고 제피스차가 미소를 지었다. 호바스는 박수를 치며 자리에서 일어났다.

혼은 그런 호바스를 보며 말했다.

"그럼 해가 뜨면 시작하도록 하지. 내 동료들도 깨워야 하니."

"기다리고 있으마."

혼은 소파에 앉아 다리를 꼰 호바스에게 미소를 보여주고는 아이사를 쳐다봤다.

"자, 가자."

메이즈 헌터

3

Maze Hunter

3

　그렇게 이동한 곳이 바로 지금 혼이 싸우고 있는 곳이었다.

　제피스차는 호바스와 혼을 방금 이동시켰다. 전장이 넓으면 넓을수록 장기전으로 들어갈 가능성이 컸기 때문에 혼과 호바스는 정해진 지역 안에서만 움직일 수 있었다.

　두 사람은 아직 부딪히지 않았다. 두 개로 분리된 화면에는 혼과 호바스의 모습이 생생하게 나타났다. 양이는 창고에서 간이의자를 꺼내 편하게 앉아 화면을 쳐다봤다.

　"여제님도 앉으시죠. 어차피 승부가 끝나기 전까지 할 수 있는 것은 없습니다."

"그렇겠지."

티아는 뚫어져라 화면을 쳐다보고 있었다.

양이는 호바스를 믿고 있었다. 호바스는 무패의 승부사였다. 그 어떤 상황에서도 그는 승리를 쟁취해왔다.

양이는 호바스가 고전하는 것조차 본 적이 없었다.

제아무리 혼이 날고 기어봤자 호바스한테는 안 된다.

호바스는 제왕이다. 모든 자를 발밑에 깔아뭉개는 하늘이 내린 제왕. 그 어떤 천재들도 호바스에게 밟혀 사라졌다.

차라리 잘된 일이다. 호바스가 승부에서 이기면 혼을 네오니드의 밑에 둘 수 있었다. 인도자도 얻고, 티아에게서 정보력까지 얻을 수 있다.

최상의 시나리오다.

그렇게 생각하고 있는 양이와는 달리 티아는 손톱을 물어뜯고 있었다. 항상 자신만만해 하는 여제가 불안해하는 모습을 본 양이는 등받이에서 등을 떼며 말했다.

"왜 그러십니까?"

"호바스가 이기겠지?"

"당연합니다. 괜히 무패의 제왕이겠습니까?"

"하지만 영원한 무패는 있을 수 없지."

부정적인 말을 들은 양이는 불쾌함을 숨기지 않았다.

양이는 벌떡 일어나더니 신호탄을 쏘아 올렸다. 신호탄은 공중에서 동그랗게 폭발했다.

긴급소집 명령.

그것을 본 10명 정도의 트라이 마스터가 빠르게 달려왔다.

"부르셨습니까?"

"저 두 사람을 포위해라."

양이는 천화와 다테를 가리켰다. 트라이 마스터들은 고개를 끄덕인 뒤 양이의 말대로 천화와 다테를 둘러쌌다.

어차피 승부는 호바스가 승리할 것이다. 미리 포위해놓아서 나쁠 것은 없다.

"승부가 끝나면 바로 둘 다 죽여라."

양이가 명령했다.

그 말을 듣고 있던 천화가 피식 웃었다.

'웃어?'

양이는 갈 수 있는 한 최대한 천화에게 가까이 갔다. 천화는 눈 하나 깜빡이지 않고 양이를 노려보고 있었다. 그녀의 눈은 확신으로 차 있었다.

혼이 이길 것이라는 확신.

양이는 그런 천화를 비웃듯 말했다.

"왜, 죽음의 인도자가 이길 거 같나?"

"당연한 걸 물어보시네."

"대부분 그렇게 말을 하지."

양이는 화면을 쳐다봤다. 혼과 호바스가 점점 가까워지고 있는 것이 보였다. 양이는 그 광경을 보며 비열한 미소를 지었다.

"믿어라. 더 믿어봐. 그럴수록 절망은 더 커질 거다."

천화는 가만히 양이를 응시했다. 양이는 더욱더 매섭게 눈을 부라렸다. 천화는 그런 양이를 보며 싱긋 웃었다.

"왜 그렇게 말이 많아요? 무서워요? 당신이 믿고 있는 카드가 무참하게 깨지는 것이."

"허."

양이는 어이없다는 듯이 짧게 숨을 내뱉었다.

천화는 무표정하게 다시 화면으로 시선을 옮겼다. 양이는 그런 천화와 심각해진 티아를 돌아보며 인상 썼다.

돌연 불안감이 양이의 다리를 타고 올라왔다. 양이는 고개를 절래 흔들고 화면을 바라봤다.

"빨리 처리해라. 호바스."

산 속.

제피스차가 선택한 승부의 장소.

보이지 않는 벽으로 가로막혀 움직임이 제한된 지역이었다. 혼은 리첼리아를 일루미나로 바꾼 뒤 호바스를 찾아 돌아다녔다.

그렇게 잠시, 호바스가 시야에 들어왔다.

호바스는 기다렸다는 듯이 손을 펼치고 있었다. 그의 손에는 두 개의 검은 대검이 들려있었다. 검왕이 사용하던 보검.

"전면전인가?"

혼이 중얼거렸다.

엄밀히 말하자면 이미 인도자로서의 능력을 사용한 호바스가 불리할 수밖에 없다. 리첼리아의 전투력은 천사중에 가장 강력했다. 사실상 2:1의 대결이라고 봐도 무관한 상황. 그 상태에서 호바스는 전면전을 걸어온 것이다.

'함정이 있나?'

혼은 고개를 갸웃하며 주변을 살폈다. 낙엽 하나, 나뭇가지 하나 그 어떤 것도 인위적인 것이 없었다. 함정은 없다고 봐도 된다.

그렇다면 결론은 하나. 호바스는 실력에 자신 있는 것이다.

"뭐야? 선공을 안 하나? 그럼 나 먼저 하지."

호바스는 한 걸음을 내디뎠다.

-신속-

호바스는 빠르게 혼의 품으로 들어왔다. 혼은 같은 신속으로 마주하며 호바스를 떨쳐냈다.

같은 능력을 가지고 있는 것인가?

이 큰 미궁에서 신속을 가지고 있는 자는 혼뿐만이 아니었다. 호바스가 같은 신체 능력을 가지고 있다 하더라도 이상할 것은 없다. 하나, 걸리는 부분이 있었다.

호바스의 신속이 묘하게 혼의 것과 닮아 있었기 때문이다.

신속을 사용하는 방법은 여러 가지가 있다. 대부분의 경우에는 속도를 컨트롤 할 수 없어서 직선적인 공격을 가하거나, 혹은 속도를 이용한 몸통박치기 같은 것을 사용한다. 신속을 사용한 투척도 꽤 큰 위력을 발휘한다.

그러나 혼의 사용방식은 달랐다.

혼은 신속을 제어 할 수 있는 최대속도까지 아슬아슬하게 끌어올려 적에게 무차별 공격을 가한다.

그것은 천재적인 센스와, 전투 악귀라는 강화능력이

함께 있기 때문에 가능한 것이었다.

호바스는 그런 혼의 전투스타일을 빼다 박은 듯이 활용하고 있었다.

"이야, 이야. 괜찮네. 너의 능력."

호바스는 발목을 빙빙 돌렸다.

"복사한 건가?"

호바스는 대답하지 않고 그저 웃을 뿐이었다.

'정답이군.'

호바스의 능력.

그의 무기적 능력은 정당한 승부였다. 그것은 상대방의 능력을 카피해 와 자신의 신체적 능력, 그리고 무기적 능력으로 대체하는 것이었다. 그와 동시에 상대의 전투패턴이라든가, 기술 같은 것들까지 전부 가져올 수 있었다.

"너의 패턴은 모두 내 머릿속에 있다."

혼은 다시 공격에 나섰다.

호바스는 마치 미래를 알고 있는 사람처럼 혼의 공격을 쉽게 막아내고 있었다. 마치 검왕때와 같은 일이 벌어지고 있었다.

일생동안 무예를 수련한 사람의 경우 자신만의 패턴이 몸에 배게 된다. 습관이라고도 하는 그것을 한순간에 없애는 것은 불가능하다.

호바스는 복사를 통해 혼의 습관과 전투패턴을 전부 알아낸 상태였다. 호바스의 습득능력은 천재적이었다. 하나를 가르쳐줘도 열을, 아니 백을 알아내는 사람이 있다. 호바스는 천을 알아내는 희대의 천제였다.

그렇기 때문에 호바스는 순식간에 혼의 기술을 모두 몸에 익히고, 또 활용하고 있었다. 점점 혼과 같은 움직임으로 변하는 호바스를 보며 양이는 미소를 지었다.

역시나 호바스가 압도하고 있다. 공격은 혼이 하고 싶었지만 호바스는 가볍게 모두 쳐내고 있었다.

호바스 승리 공식이라고도 부를 수 있었다. 처음에는 상대의 기량을 살핀 뒤 적당한 타이밍에 반격해 승리한다. 카피해온 능력에 적응하는 순간 혼은 끝장나는 것이었다. 양이는 마치 이미 이겼다는 듯이 양팔을 벌리며 말했다.

"자, 이미 끝났다."

호바스의 강점은 인도자라는 것도, 그가 상대의 능력을 복사해 올 수 있다는 것도 아니었다.

"난 같은 라인에서 시작한다면 그 누구에게도 뒤처지지 않는다."

호바스는 복사 능력으로 혼과 같은 위치에 섰다.

이제 호바스는 월등한 학습능력으로 앞으로 나아갈 것

이다. 그것이 항상 호바스가 승리하던 방법이다.

현실에서는 상대와 같은 선에 서기 위해 1년이고, 2년이고 그 분야에 대해 공부하고 연습해야 했지만 미궁에서는 그럴 필요가 없었다.

호바스는 미궁 최강이다.

이론적으로 호바스보다 더 빠른 학습능력을 갖춘 사람이 존재하지 않는 한 호바스는 언제나 최강일 것이다.

슬슬 호바스가 반격하는 모습이 화면에 잡혔다.

양이는 미소와 함께 티아를 쳐다봤다. 티아는 아직도 불안한 표정으로 다리를 떨며 화면을 쳐다보고 있을 뿐이었다.

"왜 그렇게 걱정하십니까?"

"호바스는 항상 동등한 상태에서 승부한다. 그렇지?"

"그렇습니다. 그게 호바스의 강함을 증명하죠. 그리고도 무패. 아시겠습니까?"

티아는 그런 양이를 노려보며 말을 이어갔다.

"그런데 말이야. 저놈은 항상 불리하게 싸움을 했다. 레드 핸드, 포사토이오, 지금은 네오니드. 그런데 녀석은 다 이겼다."

양이는 대답하지 않고 가만히 티아의 눈을 바라볼 뿐이었다. 티아는 확인 사살을 하듯 말했다.

"녀석은 불리한 상황을 전부 이겨왔다. 녀석도 무패. 적이지만 인정할 건 인정해야지."

천화와 다테는 아직도 표정 변화 없이 화면을 쳐다보고 있었다.

'분위기 더럽네. 진짜.'

양이는 그렇게 투덜거리며 화면으로 시선을 옮겼다.

화면 안에서 호바스는 혼을 밀어붙이고 있었다.

혼은 호바스를 인정했다. 지금 막 뇌에 들어왔을 뿐인 혼의 기술을 거의 완벽하게 사용하고 있었다.

아마 호바스가 킬러수업을 받았다면 적어도 자신과 비슷한 수준의 킬러가 되지 않았을까. 혼은 진심으로 그렇게 생각했다.

"어때? 기분이? 가장 잘한다고 생각했던 것에서 남한테 지는 게."

"내가 진 것처럼 말하는군."

"넌 질 거야. 이미, 너의 전투패턴은 전부 외웠거든."

"그래? 그것참 신기하네."

혼은 검 형태의 일루미나를 높게 들었다. 호바스는 다시 전투자세를 잡았다.

"나도 내 패턴을 모르는데."

혼은 신속을 사용해 움직였다. 호바스 또한 신속을 발

동한 뒤 혼의 공격을 막았다. 마치 미래를 예지하듯이 혼이 공격하는 곳을 막아내던 호바스는 미소를 지었다.

"봐, 다 막히잖아?"

허세였다.

아무리 죽음의 인도자라 할지라도 호바스의 학습능력을 뛰어넘을 수는 없다. 이미 혼의 패턴은 전부 다 알아냈고, 실제로 혼의 공격은 전부 막히고 있다.

그러나 혼은 여유로웠다. 혼의 표정을 확인한 호바스는 살짝 인상을 찌푸렸다. 혼은 희미한 미소와 함께 말했다.

"그렇게 생각하나?"

그 순간 일루미나가 창으로 바뀌었다. 무기가 바뀌면서 전투의 패턴도 완벽하게 바뀌었다. 호바스는 또다시 궁지에 몰리기 시작했다.

전투 도중 패턴을 바꾼다는 것은 처음부터 상당히 많은 패턴을 가지고 있었던가, 아니면 혼또한 전투의 천재라는 것을 뜻했다. 호바스는 속으로 감탄했지만 당황하지는 않았다.

'모든 무기를 사용한다 하더라도 그것들은 거의 다 다른 워커들과 비슷할 것.'

무기 각성을 하면 모든 무기를 어느 정도는 다룰 수 있게 된다. 실제 세계에서 무기를 전혀 못 다루던 워커들이 미궁에 들어와서는 좋아하는 무기를 마음대로 쓸 수 있는 것이 그 이유다.

그러나 숙련도에는 큰 차이가 있을 수밖에 없다.

혼은 현실 세계에서도 어느 정도는 검을 다루어 숙련도가 있어 보였지만 모든 무기가 그럴 리는 없다.

결국 다른 워커들과 비슷한 수준, 혹은 그보다 못한 수준일 것이다.

수많은 워커들과 싸워온 호바스는 미궁이 제공하는 무기숙련도가 어느 정도인지를 잘 알고 있었다.

어차피 모두가 똑같이 가지고 있는 능력이니 말이다.

'이것도 익숙해지면…….'

"이제 좀 익숙해졌나?"

혼이 호바스의 마음을 읽은 듯이 말했다. 호바스는 그제야 살짝 당황한 듯 혼을 쳐다봤다. 혼은 아직도 여유로운 미소를 짓고 있었다.

"그럼 이건 어떤가?"

일루미나가 구절편으로 바뀌었고, 혼은 순식간에 호바스의 양손을 잡아채 땅으로 내리찍었다.

"크윽!"

호바스는 황급히 중심을 잡으며 일어나 끌려가지 않기 위해 안간힘을 썼다. 혼은 무표정하고 담담하게 말을 이어갔다.

"지구에서는 너는 결국 게임을 했겠지. 골프, 농구, 야구, 축구, 격투기, 체스,"

호바스는 안간힘을 쓰느라 대답하지 못했다,

"게임은 백 번 이겨봤자 게임일 뿐이다."

호바스를 묶고 있는 구절편의 끝 부분이 날카롭게 변하면서 호바스의 양팔을 잘라냈다. 호바스는 인상을 쓰며 뒤로 물러났다.

"나는 지면 목숨을 끊어지는 승부를 100번은 넘게 해왔다."

일루미나는 단검으로 바뀌어 혼의 양손으로 돌아갔다.

호바스는 혼을 올려보았다.

그제야 호바스는 혼과 자신의 유일한 차이를 알아냈다. 자신이 분쟁의 인도자고 혼이 죽음의 인도자인 이유를.

호바스의 학습능력은 그를 만능으로 만들어주었다. 그리고 그 능력으로 호바스는 모든 달인을 발밑에 깔았다.

하지만 혼은 달랐다. 혼은 단 한 가지에 모든 신경과 재능이 쏠려 있는 사람이었다.

사람을 죽이는 것.

오로지 그것밖에 못 하지만 그것을 위해 태어난 사람. 죽음 그 자체이다.

"아, 그래. 이건 못 이기겠네."

DNA 자체가 다른 것이다. 혼은 다른 생명체라고 봐도 된다.

마치 불과 누가 더 뜨거운지 겨룬 것과도 같다. 승부는 처음부터 정해져 있었다. 아마도 혼은 처음부터 일대일 대결이 된다면 자신이 진다는 생각은 하지 않았을 것이다. 그렇기 때문에 이 작전을 짠 것이다.

호바스는 피식 웃으며 혼을 쳐다봤다.

"죽음의 인도자한테 살인으로 덤빈 게 잘못이었나?"

"잘 가라."

두 손이 잘린 이상 호바스가 혼을 이길 확률은 0%라고 봐도 무관했다. 호바스는 조용히 눈을 감았다.

'그래도 재밌었군.'

혼의 검이 호바스의 목을 갈랐다.

❖

화면 밖.

양이의 팔이 눈에 보일 정도로 심하게 떨리고 있었다.

호바스의 패배. 그것은 예측할 수 없었던 일이다. 아니, 그런 일이 일어나서는 안 되는 것이었다. 호바스의 패배는 단순한 패배가 아니다.

대부분의 경우 호바스는 상대에게 절대복종을 요구한다. 그렇다면 혼도 그에 준하는 무언가를 걸었을 것이다.

양이는 그 누구보다 분쟁의 인도자의 능력을 잘 알고 있었다. 패자는 승자가 하는 말을 무조건 따라야 한다. 호바스는 어쩔 수 없이 이제 혼의 편이 될 가능성이 컸다.

최악이다.

호바스가 혼의 편을 드는 한 양이는 섣부르게 움직일 수 없다. 어디까지나 호바스가 네오니드의 대장이기 때문이다. 아니, 대장이라는 것을 차치하고서라도 호바스에게 정면으로 덤비는 것은 미친 짓이다.

호바스가 자신의 능력으로 일대일 대결을 제시한다면?

네오니드의 워커가 100명이든 뭐든 전부 혼과 호바스에게 당할 뿐이었다.

"망할!"

양이가 분을 참지 못하고 외치는 순간 티아가 황급히 달려와 말했다.

"뭐 하고 있어! 당장 저 여자를 죽여!"

양이는 티아를 획 돌아보았다.

티아의 말이 맞다. 혼이 호바스에게 무엇을 원하는지는 정확히 알 수 없다. 그러나 분쟁의 협약을 끝마치기 전까지는 시간이 있었다. 천화를 그 전에 죽일 수만 있다면 적어도 니나는 자유로워진다.

그러나 그 전에 다테가 먼저 움직였다. 다테는 근처를 둘러싸고 있던 워커들 중 하나에게 주먹을 날렸다. 워커는 가볍게 다테의 공격을 피하며 말했다.

"이 자식이 죽으려고 환장했나. 그딴 공격에 맞을 거 같냐?"

"맞으라고 한 공격 아닌데?"

다테가 피식 웃으며 워커를 쳐다봤다.

"평화협정."

천화를 중심으로 은은한 노란색의 조명이 모두를 감쌌다. 다테가 전투를 시작했기 때문에 평화협정을 사용할 수 있었다.

"하아."

티아가 크게 한숨 쉬었다.

"아……."

분노가 뇌를 지배하려고 한다. 뭐라도 집어 던지고 싶은 순간이었다. 왜 일이 이렇게 됐는가를 계속해서 자문했다. 그리고 그 질문의 답을 구해봤자 상황은 조금도 나아지는 것이 없다는 게 티아를 더 미치게 만들었다.

"어머, 열 받았나 봐? 살벌하네?"

티아는 뒤에서 들린 목소리에 정색했다. 한 번도 들어본 적이 없는 여자 목소리. 티아는 고개를 돌려 뒤쪽을 쳐다봤다.

"안녕? 잘 가."

초록 단발머리에 조금은 작은 키.

빙글빙글 돌아가는 모양의 동공은 그녀가 인간이 아니라는 것을 잘 보여줬다. 안텐은 티아가 미처 반응하기도 전에 검을 들어 내리쳤다.

'이런……!'

촤아악!

티아의 오른쪽 어깨에서부터 반대편 가슴 밑까지 피가 분수처럼 뿜어져 나왔다.

"티아!"

니나의 외침에 천화와 양이를 비롯한 모든 사람들의 고개가 돌아갔다. 티아가 쓰러지는 것을 본 니나는 아르마티아를 붓으로 바꾼 뒤 안텐에게 달려들었다. 안텐은 마지막 일격을 티아에게 날리고 있었다.

"안 돼!"

막을 수 없다.

안텐을 막을 수는 없다. 안텐의 검이 티아의 목을 찌르는 것을 그냥 보고만 있을 수밖에 없다.

그 순간 누군가가 니나의 옆을 지나갔다.

'천화.'

천화는 곧장 안텐의 가슴을 걷어찼다. 안텐은 저 멀리 날아가 나무 몇 그루를 부러트린 뒤에야 멈췄다.

티아는 우두커니 서있는 천화의 뒤를 바라봤다.

"왜……?"

천화에게 있어 티아는 적이다. 티아는 지금까지 천화를 죽이기 위한 작전을 짜고, 실행해왔다. 가만히 있어도 위험은 사라지는 상황에서 천화는 움직였다. 그것도 적을 살리기 위해.

천화는 자신을 쳐다보는 티아를 힐끗 보고는 니나에게 외쳤다.

"방어태세를 갖춰요. 오버로드입니다."

"왜 구해준 거지?"

티아가 천화를 노려보며 물었다.

"그게 중요한 게 아니지 않나요?"

"아니, 중요해. 대답해라. 왜 구해줬지? 내가 그런다고 너를 생명의 은인으로……."

"당신이 혼씨의 계획에 들어가 있으니까."

천화는 티아의 말을 끊으며 말했다. 어차피 고맙다는 말은 기대도 하지 않았다. 미궁 사람들은 의심이 많아 호의를 호의로 받아들이지 않는다.

"됐습니……."

"조심해!"

티아가 급하게 외쳤다. 안텐이 어느새 날아와 천화의 옆구리를 때렸다. 천화는 공중에 떠 날아가다가 겨우 중심을 잡으며 섰다. 안텐은 깔깔거리며 천화에게 계속해서 달려들었다.

전신의 계약.

4성 오버로드와 싸울 수 있는 유일한 방법. 시간은 이미 째깍째깍 흘러가고 있었다. 천화는 다테에게 외쳤다.

"다테씨! 오버로드를 먼저……."

"이 미친놈들!"

다테는 네오니드의 트라이 마스터를 상대로 싸우고 있었다. 천화는 어이가 없다는 듯이 양이를 쳐다봤다.

"뭐하는 짓입니까? 오버로드가 쳐들어왔는데!"

"인도자를 죽이러 온 거 아닌가?"

양이가 어깨를 으쓱하며 말했다.

"나랑은 상관없는 일이지."

천화의 이마에 핏줄이 섰다. 이 상황에서 도대체 무슨

말을 하는 것일까. 결국 오버로드는 모든 워커들과 인도자를 도륙할 것이다. 양이의 말처럼 당장엔 인도자가 아닌 자들은 안전할지도 모른다.

멍청한 근시적인 관점이다. 양이는 호바스가 졌다는 충격 때문에 어떻게든 혼과 그 일행을 제거하고 싶을 뿐이었다.

천화는 이 상황을 어떻게 타파해야 할지 생각했다. 그러나 그녀에게 허락된 시간은 많지 않았다.

"어머머, 한눈을 팔면 안 되지?"

안텐이 천화를 향해 검을 내질렀다. 천화는 황급히 움직였지만 왼팔을 내줄 수밖에 없었다.

천화는 이를 악물고 팔과 함께 날아간 용의 무구를 쳐다봤다. 팔은 순식간에 다시 돋아났지만, 무기가 날아간 것이 뼈아프다. 안텐은 짧은 머리를 비비 꼬며 삐딱하게 섰다.

"이야, 초재생 빠르네."

"후."

천화는 흘러내리는 앞머리를 쓸어올렸다.

"빨리 와요. 혼씨."

그 시각 혼과 호바스는 제피스차가 만든 검은 공간에 들어가 있었다.

혼은 미리 천화가 만들어놓은 서약서를 호바스에게 내밀었다. 호바스는 서약서를 들고 읽어보더니 허허 웃었다.

"이야, 이걸 그냥 사인해야 하네."

서약서의 내용은 크게 3개였다.

첫 번째, 호바스는 메이즈 헌터에 가입해 혼을 위해 싸운다.

두 번째, 검왕을 비롯한 프레야코를 해방한다.

세 번째, 메이즈 헌터 길드의 이득에 반하는 행동은 일체 금한다.

"너랑은 또다시 승부하고 싶은데 말이야. 싸움이 아니더라도 뭐 체스라든가."

"훗날 상황이 괜찮아지면 생각해보지."

"나는 이제 선택권이 없으니까."

호바스는 쿨하게 사인했다. 어차피 버텨봤자 정신이 나가면서 사인하게 될 것이 뻔했다. 사인을 끝마친 호바스는 곧바로 네오니드를 탈퇴한 뒤 메이즈 헌터에 가입했다. 동시에 검왕에게 걸어놓았던 계약을 전부 철회했다.

"이 정도면 다 된 거 같지? 제피스차."

"그렇습니다."

제피스차는 혼의 뒤에서 히죽거리는 리첼리아를 노려보았다. 리첼리아는 입 모양으로 '뭐, 뭐?'라고 말하며 제피스차를 골려주었다.

"그럼 다시 원래 장소로 돌아가겠습니다."

제피스차는 한숨과 함께 손가락을 튕겼다.

혼과 호바스는 원래 있던 자리로 돌아왔다. 눈을 감고 있다가 뜬 혼의 시야에 들어온 것은 전쟁터였다.

안텐이 천화를 압도하고 있었고, 다테는 다른 워커들을 막아내고 있었다. 티아와 니나는 구석으로 물러나 상황을 보는 듯싶었다. 호바스는 인상을 쓰고 양이에게 외쳤다.

"뭐하는 짓이야?"

"아, 호바스. 이제 돌아왔나? 기다려라. 너를 구속하고 있는 걸 빠르게 풀어주마."

혼만 죽이면 된다.

혼만 죽이면 계약의 주체가 사라지기 때문에 호바스는 다시 자유의 몸이 될 수 있었다. 천화가 안텐에게 붙잡혀 있고, 오버로드들이 프레야코 안으로 몰려들고 있었다. 이제 굳이 양이가 손을 쓰지 않아도 혼은 죽음을 피할 수 없을 것이다.

"호바스, 이제 우리끼리 도망만 치면 된다."

"너 무슨 소리를 하는 거냐?"

호바스가 어이없다는 듯이 양이를 쳐다봤다.

"모두 동작 그만!"

호바스가 외쳤다. 다테에게 덤벼들던 워커들이 움찔하며 움직임을 멈췄다.

"이제 대장은 아니지만 마지막으로 명령하지. 나를 도와서 프레야코에서 탈출한다."

"저 명령은 들을 필요가 없다."

양이가 나서면 호바스를 가로막았다.

"네 말대로 넌 이제 대장이 아니니까. 네오니드도 아니고."

"오호, 그래? 그럼 나와 승부할까? 제피스차."

양이와 워커들은 공중으로 떠오른 제피스차를 쳐다봤다. 만약 호바스가 승부를 걸어온다면 어쩔 수 없이 받아들일 수밖에 없다. 호바스는 팔짱을 끼더니 말을 이어갔다.

"전부 내 노예가 되고 싶다면 상관없다. 어쩔래?"

워커들은 전부 한 발짝 뒤로 물러났다. 그 누구도 호바스와 승부해서 이길 수 있다는 자신이 없었다. 그러나 양이의 반응은 달랐다.

"좋아, 그럼 승부해보지."

"뭐?"

"시간이 끌리면 결국 저 녀석들은 오버로드가 알아서 죽여줄 거다. 우리는 여유롭게 승부나 하며 시간만 끌면 돼. 난 너의 노예가 되어도 별로 상관없으니까."

양이는 진심이었다.

호바스는 어깨를 으쓱하며 혼을 쳐다봤다.

"그렇다는데 어쩔까? 이제 네가 대장이니 너의 말에 따르지."

"그럴 필요 없다."

혼은 앞으로 나섰다. 그리고는 멀리서 싸우고 있는 천화에게 말했다.

"천화! 전신의 계약서를 내놔라."

땀투성이가 된 천화 대신 타르티스가 계약서를 들고왔다.

"빨리요! 우리 인도자님 죽겠네."

타르티스는 발을 동동 구르며 천화와 혼을 번갈아 바라봤다. 혼은 빠르게 계약서에 사인한 뒤 살기를 담아 양이에게 말했다.

"방해하면 죽인다."

"뭐?"

"비켜라."

양이는 피식 웃었다. 제아무리 혼이 인도자라 할지라도 양이 또한 이름난 트라이 마스터 중 하나였다. 죽인다는 협박 따위에 물러날 만한 인물이었다면 왕국 네오니드의 이인자가 되는 것도 불가능했을 것이다.

양이는 혼을 똑바로 바라봤다.

"네가 그러면 내가……"

그 순간 숨이 턱하고 막혀왔다. 무표정한 혼에게서는 형용할 수 없는 공포가 새어 나오고 있었다. 양이는 그대로 굳은 채 가만히 서 있었다. 얼마 만에 느껴보는 죽음의 공포인가. 양이가 대답을 못 하고 있자 혼이 한 걸음 앞으로 걸어나갔다.

혼이 자신의 옆을 스쳐 지나갈 때 동안 양이는 아무것도 할 수 없었다. 혼은 곧바로 안텐에게로 달려들었다. 그것을 멍하게 돌아본 양이가 작게 중얼거렸다.

"저 자식 뭐야?"

"뭐긴 뭐야?"

호바스가 끼어들며 말했다.

"저러니까 내가 진 거지."

그 시각 천화의 전신의 계약은 점점 끝나가고 있었다.

몸에 과부하가 걸리기 시작하는 것이 느껴졌다.

"뭘 그렇게 열심히 버텨?"

안텐이 미소와 함께 말했다.

"어차피 곧 있으면 너희들 다 죽을 텐데."

안텐의 말대로 이미 프레야코에는 다른 오버로드들이 쳐들어오고 있었다. 네오니드의 워커들이 막아서고 있었지만 뚫리는 것은 시간문제였다. 천화는 이를 악물었다.

"그래? 그것참 유감이네."

그 순간 혼이 달려와 안텐을 향해 검을 내질렀다. 안텐은 화들짝 놀라며 뒤로 물러났다. 혼은 천화의 허리를 감아 뒤로 빼며 말했다.

"괜찮냐? 잘 버텼네."

"아슬아슬했네요. 이제 계약 끝났어요. 좀 잘게요."

"그럼 들어가 자라."

혼은 손가락에 끼고 있는 반지로 천화를 쳤다.

순간저장(snap shot)

매서커를 죽이고 얻은 군주기였다. 그때 안텐의 뒤로 수십의 괴수형 오버로드가 나타났다.

포위되었다.

혼은 인상을 쓰고 니나를 쳐다봤다. 티아의 옆에 있던 니나의 눈동자가 흔들렸다.

상황은 최악이었다. 오버로드가 이 시점에 나타날 것이라고는 그 누구도 예상할 수 없었을 것이다. 게다가 안텐은 4성급. 그 뒤에 있는 것들도 최소 2성에서 3성은 되어 보였다. 저 무리 안에 4성이 또 없다는 보장도 없다.

"잘못하면 전멸이겠군."

혼이 중얼거렸다.

"전멸?"

그런 혼에게 티아가 걸어왔다.

"싸움은 나중에 걸어라. 지금은 바쁘거든."

"내가 이런 상황에서 싸움이나 거는 미친년으로 보였나?"

티아가 인상을 쓰며 혼을 노려봤다.

"기분 상하네. 대영제국의 군대."

티아의 말이 떨어지기가 무섭게 전투기들이 오버로드를 폭격했다. 소환된 병사들은 단숨에 진형을 갖추었고, 그 뒤로 탱크들이 무섭게 돌진했다.

혼의 머리카락이 바람에 휘날렸다.

윙윙거리는 전투기의 소리와, 탱크의 포 소리에 귀가 먹먹해지고 있었다.

"어이! 혼! 일이 끝나면 니나는 데리고 와라."

"그러지."

"그리고 빨리 탈출해라. 아무리 그래도 오버로드들을 이길 수는 없거든."

폭격을 얻어맞던 용처럼 생긴 오버로드가 전투기를 낚아채 박살 냈다. 다른 오버로드들도 순식간에 티아의 병력을 제압하기 시작했다. 티아의 말대로 시간은 많지 않았다. 하지만 혼은 서두르지 않았다.

"뭐해? 안 도망쳐?"

"괜찮아. 아직은 말이지. 지원병력이 또 있거든."

"지원 병력?"

그 순간 한쪽에서 폭발이 일어났다.

"은인을 지켜라!"

검왕의 우렁찬 외침이 들렸다. 그러자 수백의 검사들이 함성을 내지르며 오버로드에게로 달려들었다.

프레야코의 검사들.

혼이 준비한 지원군이었다.

혼은 호바스와의 승부가 끝나더라도 양이와 티아는 포기하지 않으리라는 것을 알고 있었다. 그들을 상대하기 위해 검왕을 해방 시킨 것이다. 검왕만 해방된다면 아이사는 뭐든지 해주겠다고 맹세했으니.

"오버로드와 싸울 줄은 몰랐지만 말이야."

혼은 그렇게 말하며 다테와 니나, 그리고 호바스에게

말했다.

"반지로 들어가라. 괜히 흩어지는 것보다는 나을거다."

니나는 티아의 눈치를 보았다. 티아는 고개를 끄덕였다. 천화를 죽일 수 없는 상황이 된 이상 니나를 놔줄 수밖에 없었다. 혼을 따라가지 말라는 것은 여기서 오버로드에게 죽으라는 말과 같으니까.

혼은 티아를 힐끗 보고는 니나를 툭 쳤다. 순간저장 안으로 니나가 들어갔다. 다테와 호바스 그리고 하양이까지 전부 넣은 뒤 혼은 한숨을 내쉬었다.

그때 검왕가 아이사가 혼의 앞으로 뛰어왔다.

"이, 인도자님."

아이사는 존경을 담아 혼을 쳐다봤다.

"이름이라도 알려주길 바란다."

검왕이 고개를 꾸벅 숙이며 말했다.

"어차피 이제 볼 일 없을 거다. 알 필요도 없겠지. 길이나 뚫어줘."

"목숨을 걸고."

검왕이 굳은 얼굴로 말했다. 이미 한번 죽은 목숨. 은인을 위해 쓴다면 그것은 검사로서 더할 나위 없이 좋은 일이었다. 혼은 아이사의 머리에 손을 올린 뒤 그녀의 옆을 스쳐 지나갔다.

"자 그럼 가볼까?"

혼은 오버로드를 향해 쌍검을 휘두르며 밖으로 나갔다.

아무리 검왕과 티아의 군대가 오버로드들의 시선을 분산시켜 준다고 하더라도 그들의 최우선 목표는 인도자였다. 대부분의 오버로드들은 오직 혼만을 노리고 공격해왔다. 그러나 전신과 계약한 혼은 요리조리 잘 피해 나갔다.

그때 안텐이 혼의 앞을 가로막았다.

"으흠? 어디 가게?"

혼은 속도를 줄이지 않았다.

무슨 일이 있어도 단칼에 베고 지나간다. 멈추는 순간 다른 오버로드들이 달려들 것이다. 속도가 준 상태로 둘러싸이면 죽을 뿐이었다. 혼은 오로지 한 목적을 위해 정신을 통일했다.

안텐을 죽인다.

일루미나가 검은색으로 변할 정도로 혼은 살기를 담아냈다. 혼이 자신에게 달려드는 것을 미소를 지은채 보고 있던 안텐의 안색이 순식간에 변했다.

위험하다.

단 한 번도 느껴보지 못했던 죽음의 공포가 안텐의 뇌를 후려쳤다.

안텐의 다리는 본능에 충실하게 그 자리에서 도망쳤다.

안텐이 막아설 것을 믿어 의심치 않으며 혼을 포위하려 했던 오버로드들은 너무나 허무하게 뚫려버린 안텐을 당황한 얼굴로 쳐다봤다.

"안텐님,"

3성급 오버로드인 한 남자가 다가와 말했다.

4성급.

수많은 워커들을 어린아이 가지고 놀 듯이 데리고 놀던 안텐이 겁을 집어먹고 피한 것이다.

전신과 계약한 화합의 인도자를 밟고, 트라이 마스터 둘의 합공도 가볍게 넘기고, 마지막으로 탄생의 인도자까지 성안에 틀어박히게 만들었던 안텐이 말이다.

오버로드들은 자신들을 이끄는 최강의 오버로드가 겁을 먹었다는 것을 인정할 수 없었다. 그것은 안텐도 마찬가지였다.

"쫓아."

안텐이 부들부들 떨며 말했다.

오버로드들은 괴수형이나 인간형이나 모두 이미 시야에서 혼이 간 길을 멍하니 쳐다볼 뿐이었다.

"쫓으라고 이 자식들아!"

안텐이 버럭 외쳤다. 그때 안텐과 같은 4성급 오버로드인 남자가 다가왔다.

"아니, 헛수고하지 마라."

"스네일. 쫓으라고! 뭐해?"

안텐은 스네일의 멱살을 잡았다. 키가 작은 안텐의 손에 끌려 허리를 숙인 스네일은 무표정하게 안텐을 쳐다봤다.

"너, 저게 방금 몇 초 만에 사라졌는지 알아?"

"뭐?"

"0.1초 걸렸나? 이제 보이지도 않네."

스네일이 턱으로 가리킨 곳에는 혼이 만든 길이 보였다. 마치 불도저가 밀어버린 것처럼 갈려버린 땅.

안텐은 이를 바득 갈았다.

"너도, 나도 저 속도는 못 따라가."

스네일의 말은 사실이었다. 그렇기 때문에 더욱더 안텐의 가슴에 와 꽂혔다.

"죽음의 인도자였지?"

"그렇겠지. 그래도 인도자 중에서는 가장 강한 놈이니까."

"그 자식은 내가 죽인다. 건들지 마. 알았어?!"

스네일은 혼이 만든 길을 보며 눈을 감았다. 안텐이 과연 죽음의 인도자를 이길 수 있을까? 만일 죽음의 인도자가 지금 보여준 이 능력을 항상 보여줄 수 있다면 아마 안텐에게 승산은 없을 것이다.

스네일이 대답하지 않자 안텐의 얼굴이 귀신처럼 변했다.

　"알았냐고?! 대답!"

　"모든 것은 그분의 뜻대로 해야 한다. 나한테 대답을 원해도 별수가 없다는 걸 알고 있을 텐데."

　"아, 너도 짜증 나."

　안텐은 씩씩거리며 땅을 발로 찼다.

NEO MODERN FANTASY STORY & ADVANTURE

네이즈 헌터

Maze Hunter

4

프레야코에서 어느 정도 떨어진 곳.

혼은 순간저장에서 사람들을 빼냈다. 전신의 계약을 한 상태로 최대속력을 냈더니 아주 죽을 맛이었다. 그럼에도 혼은 한계까지 자신을 몰아붙이며 탈출했다. 프레야코까지 오버로드가 쳐들어온 것으로 보아 그들은 인도자가 어딨는지 어느 정도는 알아낼 수 있다는 것이다.

"제길."

혼은 뇌까지 울리는 심장박동에 멈춰 섰다.

그리고는 반지를 눌러 안에 있던 사람들을 빼냈다. 일제히 쏟아져 나온 동료들은 호바스를 제외하고 전부 중심을 잃고 바닥에 쓰러졌다. 호바스는 주변을 두리번거리더니 피식 웃었다.

"이상한 군주기네."

"유용하지."

혼은 일단 자리에 주저앉았다. 상당히 먼 거리를 달려온 참이었다. 아무리 오버로드들이라 하더라도 하루 이틀로 따라잡을 수는 없을 것이다.

혼은 하양이를 잡아 위에 올라탔다. 일단 조금이라도 쉬어야 했다.

"몸 좀 고정해줘. 리첼리아."

리첼리아는 밧줄로 변해 혼과 하양이를 묶었다. 혼은 금새 잠에 빠져들었다. 쉬는 것도 킬러로서 필수적인 조건이었다. 그 어떤 상태에서도 휴식을 취할 수 있어야 타깃을 추적하기 쉽기 때문.

혼이 잠들고 남은 네 사람은 고민에 빠졌다.

"이야, 그래도 말이야."

호바스가 가장 먼저 입을 열었다.

"만남의 인도자는 찾기 힘들다고. 그 자식 아무 데나 날아다니니까."

"맞아. 맞아. 찾기 힘들어. 내 정보망으로도 정확한 위치를 파악할 수 없다니까."

니나도 거들었다.

만남의 인도자.

인도자는 모으면 모을수록 좋다. 결국 같은 적을 상대해야 하기 때문에 힘을 합치는 편이 좋다. 게다가 인도자를 얻으면 부가로 그 왕국의 힘까지 얻을 수 있다.

다테가 수염을 만지며 말했다.

"찾는 게 문제네."

"일단 왕국에는 수도라는 게 있잖아요. 거기로 가면 안 되나요?"

"수도에 붙어 있을 확률이 낮고. 또 멀어."

만남의 인도자의 수도는 오아시스라고 불리는 도시였다. 사막 한가운데에 있는 이 도시는 미궁의 중앙이라고 할 수 있는 프레야코에서도 꽤 멀리 떨어진 변방이었다.

그리고 니나와 호바스는 사막은 웬만해서는 걷기 싫다는 생각을 하고 있었다.

물이나 식량을 살 수 있다고 하더라도 이글거리는 태양과 모래에서 올라오는 열은 버티기 힘들었다. 오아시스에 만남의 인도자가 있다는 확신이 있다면 힘들어도 가겠지만

네 사람은 다른 방법은 없나 곰곰이 생각했다. 더 확실하고 빠르게 만남의 인도자를 찾아내야 했다.

호바스는 진지한 표정으로 입을 열었다.

"좋아, 그럼 이렇게 하자. 승부를 하자고! 누가 더 먼저 찾는지 승부다!"

니나는 질린다는 듯이 검지를 앞으로 내민 호바스를 쳐다봤다.

"뭘 바라겠냐."

"어이, 탄생이. 질 거 같아서 그러냐? 내기는 엉덩이로 이름 쓰기."

"누가 질 거 같다고? 당신 만남의 인도자랑 만난 적이라도 있어?"

"없지."

"난 있거든! 얼굴도 모르면서 뭘 어떻게……. 아, 느낌으로……."

"그럼 능력이 정확히 뭔지 알겠네요?"

천화가 파고들었다. 니나는 씩씩거리다가 천화에게로 고개를 돌렸다.

"그게, 어. 일단 순간이동 같은 걸 써. 제약은 있는 거 같던데. 정확히는 잘……"

"그럼 됐네."

혼이 눈을 살짝 뜨며 말했다.

"예견할 수 있고, 순간이동을 할 수 있다면 그냥 우리가 수도로 가면 되겠군. 알아서 기다릴 테니."

"그랬다가 없으면? 알겠지만 오아시스까지는 멀어. 오버로드들도 쉽게 예측하고 이미 손을 쓸 테고. 기회는 한 번뿐이다."

호바스의 말대로 기회는 한 번뿐이다. 오버로드들은 순식간에 추격해온다. 만약 오아시스에 만남의 인도자가 없어 그를 기다려야 하는 상황이 온다면 높은 확률로 또다시 오버로드의 습격을 맞이해야 한다.

"그러니까 꼭 오게끔 해야지."

혼은 미소와 함께 말했다.

"오아시스를 공격하면 된다."

"없으면 불러내자는 건가?"

"그렇지."

호바스는 납득했다는 듯이 고개를 끄덕였다.

만남의 인도자가 순간이동 능력이 있다면 적어도 수도에는 뭔가 긴급연락망 같은 것을 만들어 놓았을 것이다. 웬 인도자들이 들어와 난동을 부리면 아무리 바쁜 일이 있다고 하더라도 수도로 강제귀환 될 수밖에 없다.

"근데 그러면 협력을 부탁하기가 좀 힘들지 않을까요?"

"그럴 때는 승부지! 안 그래 제피스차?"

"맞습니다. 역시 화합보다 훨씬 똑똑하시네요."

"하아."

천화의 머리 위에 떠있던 타르티스가 한숨을 내쉬었다.

"어째 인도자들은 다 이상해."

"그러게 말이에요."

아르마티아도 공감한 듯 고개를 끄덕였다. 혼은 가만히 천사들과 호바스의 대화를 듣고 있다가 상관없다는 듯이 말했다.

"협력을 받기는 힘들 수도 있겠지. 하지만 할 수밖에 없는 상황이잖아? 오버로드가 쳐들어오는데. 너희들 말대로 저 호바스라는 놈은 좀 이상한 놈이라 힘들었지만 만남의 인도자는 칭호로 봤을 때는 우호적인 성격일 거 같은데."

"아, 확실히."

니나가 고개를 끄덕였다.

"성격은 좋았어."

"말하면 알아들을 거다. 그리고 인명피해만 안 내면 돼. 그러면 설득할 수 있을 거다."

"죽음의 인도자다운 말은 아닌데."

"난 싸이코 학살자가 아니야."

혼은 다시 눈을 감았다.

"이제 잘 수 있게 알아서 결정해주지 않을래?"

호바스는 어깨를 으쓱하며 말했다.

"뭐 대장님이 하라는 대로 해야지."

◈

오아시스.

이름처럼 사막 한가운데에 외롭게 서 있는 도시였다.

모랫빛으로 빛나는 도시. 그중 가장 번화한 거리에서는 추격전이 한창이었다.

"거기 서!"

머리를 휘날리며 한 남자를 뒤쫓고 있는 것은 쿠엘라라는 여자였다. 오아시스의 치안대장으로 동시에 길드 오아시스의 부대장. 상인들은 쿠엘라의 질주를 한 목소리로 응원하고 있었다.

"힘내라. 쿠엘라 대장."

"잡아! 더 빨리!"

이윽고 쿠엘라는 도망치던 남자의 뒤를 잡아 쓰러트렸다. 남자는 저항했지만 쿠엘라는 가차 없이 남자의 손에 수갑을 채웠다. 그리고는 헐레벌떡 뒤따라오는 다른 경비대에게 넘기며 말했다.

"빨리빨리 압송해 가."

구릿빛 피부에 하나로 묶은 머리. 말랐지만 단단한 몸매. 쿠엘라의 모습은 마치 여자 검투사를 연상시켰다.

일을 마친 쿠엘라는 곧장 집으로 향했다.

2층짜리 저택 앞. 한 남자가 마당을 쓸고 있었다. 남자는 쿠엘라를 보더니 미소를 지으며 말했다.

"우리 쿠엘라가 또 한 건 했네."

"너도 뭐라도 하지그래?"

쿠엘라는 투덜거리며 남자의 앞으로 다가가 빗자루를 뺐다. 남자는 빗자루를 멍하게 쳐다보다가 소리내어 웃었다.

"야야, 그래도 명색이 내가 왕인데. 그렇게 막 범죄자들을 잡고 다닐 수는 없잖아."

남자의 이름은 나인.

오아시스의 왕이자 만남의 인도자. 아직 20살도 되지 않은듯한 앳된 외모. 남자답지 않은 작은 골격 때문에 멀리서 보면 여자로 보일 정도로 가냘팠다. 그런데도 나인은 미궁의 최강자라 할 수 있는 인도자가 되었다.

"그리고 돌아오면 할 얘기도 있었어."

"할 얘기라니?"

"따라와 봐."

나인은 빗자루를 담장에 기대어 세워놓고 집 안으로

들어갔다. 나인은 여유롭게 과자 같은 것을 준비했다. 부엌 식탁에 자리를 잡은 쿠엘라는 턱을 괴고 앉아 심드렁하게 말했다.

"말 할 거면 빨리 해. 다시 나가봐야 해."

"다른 사람들한테 맡겨도 되는 일이잖아? 여유롭게 대화하자고."

쿠엘라는 반대편에 앉은 나인을 힐끗 노려봤다. 나인이 할 얘기가 있다고 할 때는 둘 중 하나다. 엄청나게 좋은 일이든가, 엄청나게 나쁜 일이든가.

그래서 쿠엘라는 나인과의 대화가 마음에 들지 않았다. 차라리 나쁜 일도, 좋은 일도 없었으면 하는 것이 쿠엘라의 생각이었다.

나인은 뜸을 들였다.

"나쁜 일이구나."

"나쁜 일은 아니야. 좋은 일이겠지. 중요한 일이야."

나인은 목소리에 힘을 주며 말했다.

"그리고 도와줬으면 해서 말하는 거야."

"뭔데?"

"인도자가 다 모였어."

쿠엘라의 볼이 실룩거렸다. 언젠가는 이야기가 나올 것이라고 생각했다. 인도자가 전부 모였다는 것은 이미 세상이 아는 일이었다. 그리고 나인과 쿠엘라는 인도자가 전부 모였을 때 무슨 일이 일어나는지를 알고 있었다.

"곧 올 거야. 나를 찾으러. 늦든 빠르든."

"그래서? 어쩌자고?"

"도와줘야지. 같은 인간인데."

"도와줘? 오버로드랑 싸우게?"

쿠엘라는 어이가 없다는 듯이 식탁을 치며 일어났다. 오버로드는 수없이 많다. 그들은 괴수와 괴인들을 부리며 인간들을 사냥하는 일종의 포식자다. 물론 워커들은 그들에게 대항해 싸운다. 그러나 죽어 나가는 워커들이 많을까 오버로드가 많을까?

워커가 더 많다.

3성 오버르드를 잡기 위해 트라이 마스터 다섯, 여섯이 필요하다. 그중 한둘은 죽기 마련이다.

오버로드는 싸울 상대가 아니다. 두려워하고 도망쳐야 하는 상대다.

나인또한 그것을 알고 있을 것이다. 그런데도 싸우겠다는 판단은 말이 안 되는 것이다. 단순히 자살하고 싶은 것이라면 오버로드에게 달려드는 것보다 좋은 방법은 많았다.

"말도 안 되는 소리 하지 마. 오버로드는 못 이겨. 무엇

하나 인도자 세력이 나은 게 없잖아."

"하지만 오버로드는 인간의 적이야."

"그래, 인간의 적이지. 너의 적이 아니야. 넌 워커가 아니잖아."

나인은 입을 다물었다. 나인의 동공이 눈에 보이게 흔들렸다. 쿠엘라는 홧김에 말실수했다는 것을 빠르게 인정했다. 그러나 이미 뱉은 말. 그녀는 나인에게서 고개를 돌리고 한숨을 내쉬었다.

"나는 워커야. 쿠엘라. 너도 그렇고."

떨리는 목소리. 쿠엘라는 찝찝한 표정이었다.

"나인, 네 생각은 알겠어. 그런데 말이야. 위험을 감수할 필요는 없어."

그때 나인의 뒤로 정장을 빼입은 한 여자가 나타났다. 깔끔하게 올려 묶은 머리와 안경. 어딘가 날카로워 보이는 인상. 만남의 천사 아이린. 그녀는 쿠엘라를 노려보다가 말했다.

"나인님도 결국에는 인도자입니다. 비록 혼혈이라도 말이죠."

"나도 결국 오버로드에게는 먹잇감이라는 거야."

가만히 있어도 죽는다면 기회가 있을 때 역습이라도 가해보고 싶다. 그것이 나인이 생각한 것이다.

"뭐 혼혈이라고 하더라도 황제는 나를 좋게 보지 않겠지."

나인은 씁쓸하게 웃었다. 쿠엘라는 자리에서 일어났다. 나인의 결심은 확고했다. 인도자편에서 이 미궁을 바꿔볼 생각이었다. 그러나 쿠엘라는 다르게 생각했다. 아무리 워커라 할지라도 나인과 쿠엘라는 미궁에서 자랐다.

대부분의 워커들은 외부인이었다

믿을 수 없는 자들이다.

"그래, 알아서 해라."

쿠엘라는 던지듯 말하고 밖으로 나갔다.

집 밖으로 나와 거리를 걷던 쿠엘라는 하늘을 올려다보며 한숨을 내쉬었다. 이대로 가다가는 나인이 인도자들과 동맹을 맺고 오버로드와 대적할 것이다.

그리고 그 미래는 죽음이다.

"그럴 수는 없지."

쿠엘라는 혼자 돼내었다. 나인을 죽게 놔둘 수는 없었다. 그렇지만 나인을 설득하는 것도 불가능하다. 그렇다면 방법은 하나다. 애초에 손을 잡지 못하게 하면 된다.

쿠엘라는 도시 구석에 있는 성당으로 향했다.

성당에는 검은 로브를 입은 한 남자가 서있다. 예전 워커들이 오아시스에 자리를 잡았을 때 만든 건물이었다.

오래되어 버려진 건물 안, 쿠엘라가 찾는 사람이 서 있었다.

검은 로브에 큰 키.

남자는 쿠엘라가 들어오는 소리를 듣고는 몸을 돌렸다.

"쿠엘라인가?"

"인도자가 오고 있다고 합니다."

쿠엘라는 성큼성큼 걸어가 남자의 앞에 섰다.

"약속을 지켜주셔야겠습니다."

"물론, 나는 워커와는 다르다."

남자는 미소가 로브 사이로 희미하게 보였다. 그는 쿠엘라의 어깨에 손을 올렸다. 왼쪽 소매가 걷어져 올라가며 검은 보석이 살짝 보였다. 남자는 쿠엘라의 어깨를 두드리며 말을 이어갔다.

"걱정 마. 걱정 마. 너희는 안전할 테니. 같은 식구 아니냐. 미궁의 주민이지."

쿠엘라는 남자를 노려보다가 고개를 끄덕였다.

"부탁합니다."

NEO MODERN FANTASY STORY & ADVANTURE

메이즈 헌터

5

Maze Hunter

5

사막 한가운데.

차 한 대가 달려가고 있었다. 태양열 패널을 등에 업고 털털거리며 차가 달리는 차 안에는 다섯 사람과 한 마리 동물이 끼어 타고 있었다. 낮은 천장과 겨우 여섯 사람이 탈 수 있을 정도의 크기라 전부 따닥따닥 붙어 앉아야만 했다.

운전은 호바스가 하는 중이었고, 그 옆을 혼이 지키고 있었다. 뒤로 니나와 다테. 하양이와 천화는 맨 뒷자리였다.

"티아는 괜찮을까?"

"괜찮겠지. 그 여자가 죽을 리가 있나."

니나는 한숨을 푹 쉬며 창밖을 바라봤다.

"조금 더 크게는 못 만들었냐?"

"태양열로 움직이는 차를 만드려다 보니까 여기가 한계야."

"창조는 상상력에 달린 건데 말이지. 그냥 상상해. 무한동력 자동차."

호바스가 뒤에 앉은 니나에게 잔소리했다. 니나는 입을 삐죽 내밀었다.

"말이 쉽지! 상식을 벗어나는 상상을 100% 믿을 수 있을까!"

"이것도 사실 과학적이지는 않을 거야."

혼이 말을 더했다. 태양열로만, 그것도 에어컨 빵빵 틀면서 달릴 수 있는 차는 아마 많지 않을 것이다. 어쨌든 니나가 믿을 수 있는 수준의 차는 현재 이 차란 말이었다. 맨 뒤에 앉은 천화가 애써 웃으며 말했다.

"하하하, 꼭 예능 찍는 거 같네요. 개도 한 마리 있고."

"그래, 예능이면 제대로 벌칙 받는 셈이지."

앞에 앉은 다테가 말했다. 그래도 작렬하는 태양을 정통으로 맞으며 가지 않는 것만으로도 다행이라고 할 수 있었다.

그렇게 딱 보기에도 수상한 차가 점점 오아시스에 다가 갔다. 오아시스 도시에서 조금 밖으로 나온 선발대가 손을 들며 차를 세웠다. 혼은 일단 상황을 보기로 했다. 수색대는 차를 신기하게 쳐다보고 있다가 앞유리를 손으로 두드렸다.

"나오세요."

"차를 모르는 거 보니까 워커는 아니네."

혼은 그렇게 말하며 문을 열었다.

"오아시스를 찾아 왔는데. 요 앞 아닌가?"

"맞습니다만. 누구시죠?"

"거기 인도자 친구. 이름이?"

혼은 니나에게 시선을 돌리며 말끝을 흐렸다. 니나는 곧장 창밖으로 목을 내밀며 외쳤다.

"나인이야. 나인."

"그래, 나인이라는 애."

혼은 대충 말했다. 이름을 안다는 것만으로도 만남의 인도자와 안면이 있다는 것을 어필 할 수 있었다. 수색대는 차 안의 인원을 세보더니 고개를 끄덕였다.

"그럼 저희가 앞장서죠. 따라오세요."

"그래 주면 고맙지."

혼은 다시 차 안으로 들어갔다.

오아시스까지는 꼬박 하루가 걸렸다. 오아시스의 입구 앞에서 수색대는 혼 일행을 멈춰 세웠다.

"잠시만 기다려주시오."

수색대는 도시 안으로 들어갔다. 모래바람에 고물이 된 차에서 다섯 사람이 우르르 내렸다. 그래도 오아시스와 가까워졌다고 모래 폭풍 같은 것은 거의 나타나지 않았다. 안쪽으로는 푸른 빛의 나무들도 몇 그루 서 있는 것처럼 보였다.

그렇게 한참 뒤.

한 여자가 걸어왔다. 여자는 팔짱을 끼며 혼을 쳐다봤다.

"너희는 누구지?"

쿠엘라.

오아시스의 치안대장이며 길드 오아시스의 부대장. 미궁에서 태어난 워커. 그녀는 딱 보기에도 혼을 적대시하고 있었다. 팔짱을 끼고 짝다리를 짚고 있다는 것부터가 환영하지 않는다는 무언의 표시였다.

"여기 주인한테 볼 일이 있어서 왔는데. 계신가?"

"없다. 그러면 나가주겠나?"

쿠엘라는 단번에 거절했다.

나인은 안에 있다. 그러나 쿠엘라는 이미 혼의 정체를

알고 있었다. 이 타이밍에 오아시스로 굳이 오는 워커 5명.

이들은 거의 100% 인도자다. 상당히 많은 대형기사가 신문에 떴기 때문에 이미 4명이 모였다고 하더라도 이상할 것이 없었다.

인도자가 지나간 도시는 초토화된다. 프레야코도 그러했고, 브로크데일도 꽤 큰 손해를 입었었다. 그런 녀석들을 애초에 오아시스에 들일 수는 없었다.

혼은 쿠엘라를 지긋이 노려보다가 고개를 갸웃거렸다.

"아니, 나가지 않는다. 들어가야겠는데. 길을 열어주길 바란다."

"불허한다."

쿠엘라가 고개를 절래 흔들었다.

"이렇게 나오면 플랜 A지 뭐."

호바스는 고개를 끄덕이며 제피스차를 불러냈다. 제피스차는 흥분이 가득한 얼굴로 쿠엘라와 그녀 뒤에 서 있는 자들을 내려보았다. 호바스의 능력을 사용하면 이들을 제압하는 것은 식은 죽 먹기다. 문제는 만남의 인도자가 분노할 것이라는 거지.

쿠엘라는 제피스차를 보며 인상을 찌푸렸다.

'인도자 맞네.'

거의 확신하고 있었으나 정작 상대가 능력을 사용하겠다며 나서니 느껴지는 중압감이 다르다.

쿠엘라는 인상 쓰며 제피스차를 쳐다봤다.

"뭐 빠른 대결? 아니면 조건 설정해서 대결? 말만 해요. 인도자씨."

"음, 그래. 빠르게 대결하지. 뭐 잘해?"

호바스가 쿠엘라에게 넌지시 말했다. 혼은 고개를 가로저었다.

"이쪽에서 잘하는 거로 하자. 싸움."

"에이, 그러면 재밌나? 저기 딱 봐도 그냥 그런데. 탄생이도 혼자 이기겠다."

"확실하게 이겨야지. 지면 우리가 저기 노예 아니냐. 너도 그렇게 된 거지."

"그래, 네 똥 굵다."

호바스는 입을 삐죽 내밀며 한탄했다.

제피스차는 곧바로 승부를 세팅했다. 그런데 그 순간 누군가가 혼과 쿠엘라 사이에 나타났다.

"잠깐! 잠깐! 스톱!"

나인이 손을 들어 제피스차를 말렸다. 제피스차는 하던 것을 멈추고 호바스를 쳐다봤다. 나인은 그때를 놓치지 않고 말을 이어갔다.

"우리 싸우지 말죠. 쿠엘라! 나한테 말했어요. 인도자님들 왔다고."

쿠엘라는 눈썹을 씰룩거리며 조용히 뒤에 서 있는 부하에게 말했다.

"나인한테는 누가 말한 거야?"

"그, 그게."

"내가 무슨 일이 있어도 나한테만 보고하라고 했을 텐데. 다른 애들한테는 그런 말 안했나?"

"그래도 나인님도 무슨 일이 있어도 보고하라고 해서……."

"하아……, 너 들어가서 보자."

쿠엘라는 부하를 매섭게 째려보고는 다시 나인에게로 고개를 돌렸다.

"난 처음부터 반대했다."

"그래도 대장은 나잖아."

나인은 잠시 혼 일행을 번갈아 보았다. 모두의 시선이 자연스럽게 혼에게로 몰리는 것을 확인한 나인은 사람 좋은 미소로 혼의 바로 앞까지 걸어가 손을 내밀었다.

"반갑습니다. 만남의 인도자. 나인이라고 합니다. 기다리고 있었습니다."

"큰일 내지 않고 만나서 다행이군."

나인은 굉장히 어려 보였다. 어린 사람이 살아남는 경우도 종종 있다. 예를 들면 엘리아처럼 완전히 싸이코라서 빠르게 각성을 했다던가, 아니면 부모님이나 형제 같은 믿을 사람이 있어 점수를 받을 수 있었다든가.

미궁에서는 상대를 보이는 것만으로 믿어서는 안 된다. 만남의 인도자라는 칭호는 굉장히 애매해 성격을 파악하기는 힘들었다.

이 나인이라는 남자가 정말 엘리아처럼 살짝 맛이 가서 트라이 마스터까지 된 것인지, 아니면 누군가에 도움을 받은 것인지는 알 수 없다.

어떤 상황에서 인도자가 되었는지는 중요하다. 그것이 앞으로 어떻게 대화를 풀어나갈지에 대한 시작일 테니.

"제가 인도자가 어떻게 되었는지 궁금하신 거 같네요."

한참 동안 혼이 말없이 자신을 쳐다보자 나인이 말했다.

"궁금하긴 하네."

"저는 보통 사람들보다 강하게 태어났거든요."

나인은 혼의 손을 놓고 몸을 돌렸다.

"안내하겠습니다. 들어오시죠."

혼은 가장 먼저 한걸음을 내디디며 쿠엘라를 스쳐 지나갔다. 쿠엘라는 미간을 찌푸린 채 눈을 감고 분을 삭이고 있는 모양이었다.

그녀를 지나치고 조금, 혼은 바로 뒤에 붙어 따라오는 다테에게 말했다.

"여기도 폭탄 같은 게 있네. 저거 잘 보고 있어라. 뭔 일을 벌일지 모른다."

"오케이."

다테는 부들부들 떨고 있는 쿠엘라의 뒷모습을 흘긋 보며 말했다.

❖

나인과 혼 일행은 나인의 집으로 향했다. 다른 왕들이나 대표와는 다르게 평범한 이층집이었다.

혼은 호바스를 제외한 나머지를 전부 밖에 대기시켰다. 전부 들어갈 필요도 없었으며 아무래도 쿠엘라의 상태가 불안했다. 아무리 나인이 우호적이라고 할지라도 방심하는 일은 없어야 했다.

혼과 호바스는 식탁에 앉았다.

나인은 반대편에 앉자마자 입을 열었다.

"인도자가 다섯 다 모였으니 오버로드들은 난리가 났을 텐데. 용케도 여기까지 오셨네요."

"힘들긴 했지 그보다, 여긴 습격 받지 않은 듯싶은데."

"일단 외곽이고 저는 아마 마지막으로 노리지 않을까 생각되거든요."

호바스는 볼을 긁적였다.

"어떻게 확신해? 신기 있나?"

"제가 오버로드니까요."

나인의 말에 혼과 호바스의 낯빛이 어두워졌다. 오버로드라는 존재는 워커와 공존할 수 없었다.

"잠깐, 넌 인도자라며?"

호바스가 재빨리 물었다.

"인도자이기도 하죠."

마치 증거라도 보여주듯이 아이린이 나인의 등 뒤에서 뛰어나왔다.

혼은 가만히 생각에 잠겨있었다. 나인이 거짓말을 하는 것으로 보이지는 않았다. 그렇다면 오버로드가 인도자가 될 수 있다는 것을 빠르게 수긍하는 편이 옳았다.

어떻게 써먹을 수 있을까.

오버로드가 같은 편에 있다면 뭐가 좋을까.

"그럼 너도 우리가 어딨는지를 알 수 있나?"

혼의 첫 번째 질문이었다. 나인은 흔들림 없는 혼을 보며 살짝 놀라고 있었다. 보통은 어떻게 하면 오버로드면서 동시에 인도자인지를 궁금해한다. 그러나 혼은 곧바로 오버로드에게 던지고 싶었던 질문을 해왔다.

죽음의 인도자는 보통 냉정하다지만.

나인은 고개를 끄덕였다.

"이 근처에 있다는 것은 알 수 있습니다."

"근처? 근처라면 얼마나 정확하지? 그리고 어떻게 아는 거지?"

"음, 지도 있습니까? 말로 설명하기는 어렵군요."

"호바스, 하나 사라."

"있어. 뭘 또 사라고 하시나. 참."

호바스는 오아시스 근방의 지도를 꺼내 식탁 위에 올렸다. 나인은 오아시스 도시를 가리키며 말했다.

"자, 여기 불빛이 있을 겁니다. 그렇죠?"

"우리가 도시에 들어와 있으니까. 5개 있네. 정 가운데에."

"오버로드들의 머리에는 이 빛이……."

나인은 주먹으로 오아시스를 가렸다.

"이렇게 보입니다. 이런 식으로 당신들이 어딨는지를

알아내는 거죠. 그리고 만약 안전지대가 아니라 미궁에 있을 때는."

나인은 주먹으로 작은 원을 그리기 시작했다.

"이런 식입니다."

"그렇군."

확실히 그런 식이라면 차라리 미로 안에 있는 것이 더 안전할 수 있었다. 지금까지 왜 안전지대에 있을 때만 오버로드가 공격해 왔는지를 이해할 수 있었다.

"안전지대가 아니라 분쟁지대구먼."

"괜찮습니다. 아직은 시간이 있으니까요. 반나절 정도의 시간은 있습니다. 오버로드의 위치도 알 수 있으니. 그보다 중요한 일이 있습니다. 이번에는 이쪽에서 부탁해야 할 거 같군요."

나인은 사뭇 진지하게 말하며 지도를 접었다.

"부탁이라니?"

"보아하니 현재 무슨 일이 일어나고 있는지는 모르시는 거 같군요. 아는 걸 먼저 말해주시겠습니까?"

"오버로드가 인도자를 죽이려고 한다. 그 이유는 정확히 모른다. 신문을 찾아봤지만 정보가 너무 많아 진짜가 뭔지 모르겠더군."

신문에는 찌라시가 너무 많다. 헤드라인은 믿을 수 있

어도 기사 내용은 믿으면 안 되는 것이 미궁 신문이었다. 정확하지 않은 정보는 없는 것보다 못하다. 괜히 이상한 정보를 믿고 움직이다가는 돌이킬 수 없는 상황을 맞이할 수도 있었다.

"그 부분에 대해 정확하게 알려드려야 할 거 같습니다."

나인은 잠시 말을 멈추고 생각했다.

"카이저라고 아십니까?"

"카이저?"

"5성급 오버로드는 현재 이 미궁에 두 명 있습니다. 아니, 정확히는 한 명과 한 마리라고 해야겠죠."

"괴수형과 인간형인가?"

"그렇습니다. 그리고 그 5성급 오버로드 중 인간형을 오버로드들 사이에서 카이저라고 부릅니다."

2성급과 3성급의 파워 차이가 확실하듯, 3성과 4성도 확실하다. 5성은 4성급에 비해 최소 2배, 아니면 그 이상 강하다고 봐야 했다. 최악의 상황을 항상 설정하는 혼의 머릿속에는 절대 강자의 모습이 그려졌다.

"그 카이저가 우리는 노리는 건가?"

호바스가 물었다. 나인은 고개를 끄덕였다.

"반은 맞고 반은 틀렸습니다. 인간형 5성은 동시대에

하나만 존재합니다. 그렇지만 오버로드들 중에 그의 명령을 듣는 오버로드는 그렇게 많지 않아요. 다만 이번이 특별한 경우입니다."

"인도자가 다섯이 나타났다는 거군."

"그렇습니다. 인도자가 다섯이 나타나면서 오버로드는 멸종의 위기를 막기 위해 담합한 것이죠. 뭐 재미로 참가하는 미친놈들도 있는 모양이지만."

"그렇군."

혼은 고개를 끄덕였다.

"잠깐, 잠깐. 왜 우리를 죽이려고 하는데? 인도자를 싫어하는 건 알지만 다섯이 모였다고 이유 하나로 갑자기 전부 모여?"

"그게, 신의 보옥 때문이죠."

참 오랜만에 듣는 이름이었다.

혼은 신의 보옥이라는 이름에 귀를 기울였다. 결국 여기까지 미궁을 여행한 이유는 신의 보옥 때문이었다. 언제나 위험하게 살 수는 없으니 신의 보옥을 찾아 원래 세계로 돌아가기 위한 것.

"신의 보옥이 관련된 일인가."

"신문에는 신의 보옥이라는 것은 쓰여 있지 않았을 거예요. 신의 보옥은 항상 인도자가 다섯일 때 나타났었죠.

그것도 인도자의 손에 의해서."

"그걸 어떻게 알지?"

"말했잖아요. 전 오버로드라고."

나인은 옷깃 끝을 잡아 끌어내렸다. 그의 양 쇄골이 끝나는 지점에 검은 보석이 박혀있었다.

"역사 정도는 배웠습니다. 어머니한테."

"어머니라면?"

"워커십니다. 지금은 돌아가셨지만. 그리고 오버로드인 아버지도 좀 얘기를 해주셨고. 아버지도 지금은 사라지셨습니다."

나인은 오버로드인 아버지와 워커인 어머니 사이에서 태어난 혼혈이었다.

오버로드는 본디 워커를 싫어하지만, 예외는 있었다. 나인은 표정변화 없이 자신의 과거를 말했다.

"마지막으로 질문 하나만 하지."

"하시죠."

"너는 왜 우리를 도우려고 하는 거냐?"

막말로 나인은 그 어떤 곳에도 소속되지 않은 사람이다. 상식적으로 오버로드들의 세력이 더 강하다. 나인은 처신만 잘하면 오버로드 쪽에 붙는 것도 가능할 것이다. 더 안전한 쪽에 붙겠다는 데 뭐라고 할 사람은 없다.

그런데도 나인은 인도자 편에 붙는 것은 상식적으로 뭔가 이유가 있어야 한다.

나인은 혼의 질문에 잠시 정색했다. 하지만 이내 원래 발랄한 소년으로 돌아왔다.

"소원이 있어서 그럽니다."

"소원은 뭐지?"

혼의 질문에 나인은 입을 다물었다.

소원은 중요하다. 나인도 아마 그것을 알기에 입을 다문 것이다.

신의 보옥은 하나일 가능성이 컸다. 그것이 소원 3개를 들어주거나, 혹은 여러 명이 한 번씩 쓸 수 있는 것이 아닌 이상 소원은 합의 하에 결정해야 한다. 누구 하나라도 다른 생각을 하고 있으면 마지막에 일이 흐트러질 수 있었다.

"이러면 같이 못 다닌다."

나인은 한숨을 내쉬더니 의외로 순순히 말했다.

"오버로드를 비롯한 괴인, 괴수들이 사라지는 것입니다. 그럼 미궁도 살만한 곳이 되겠죠."

"자살할 생각이냐?"

혼의 말에 나인은 가만히 미소를 지었다.

"그럴 필요가 있다면야."

나인의 표정에서 그가 얼마나 오래 생각하고 내린 결정인지가 보였다. 혼은 이해했다는 듯이 고개를 끄덕이고는 자리에서 일어났다.

"좋아. 그럼 빨리 떠날 준비를 해보라고."

"어이, 저 대답으로 괜찮은 거냐?"

"서약서도 쓰게 할 거야."

혼은 나인을 돌아보며 물었다.

"괜찮지?"

❀

집 밖에는 천화와 하양이만이 서 있었다.

다테는 볼 일이 있다면서 어디론가로 향했고, 니나는 좀 제대로 씻고 싶었다면서 사라졌다. 천화는 혼자 남아 지나가는 사람들을 쳐다봤다.

신기하게도 대부분의 사람들이 미궁인으로 보였다. 왕국이라면 워커가 지배하는 곳이기 때문에 미궁인들은 눌려 살기 마련이다. 어쩔 수 없는 신분의 차이가 있기 때문이다. 그러나 오아시스에서는 그런 모습이 없었다.

"살기 좋은 곳이네."

천화는 벌떡 일어나더니 기지개를 폈다. 한동안 차 안

에서만 박혀 있었더니 몸이 찌뿌둥하다.

"하양아, 같이 좀 걷자."

미궁의 도시는 각자 특징이 다 다르다. 천화는 도시를 한번 둘러보기로 했다. 어차피 대화도 어느 정도 시간은 걸릴 테니.

그 시각, 다테는 쿠엘라를 찾기 위해 거리를 돌아다니고 있었다. 분명 나인의 집까지는 쿠엘라가 뒤따라왔다. 혼과 호바스가 나인의 집으로 들어가는 찰나 쿠엘라가 사라진 것이다.

다테는 그런 쿠엘라를 찾기 위해 뛰고 있었다.

"아이씨, 그 사이에 사라져버리네."

정말 10초 정도 눈을 뗐을 뿐이었다. 멀리는 가지 못했겠지만 만약 반대방향에서 삽질하고 있는 것이라면 큰일이다. 아무 일도 벌어지지 않는다면 혼에게 한마디 듣는다는 것은 상관없었다. 다만 무슨 일이 벌어질 거 같으니 문제다.

보통 치안대장이라고 한다면 대장이 외부인과 같이 담화를 할 때 그 안에서, 적어도 바로 밖에서 대기하고 있는 것이 상식이다.

그렇기 때문에 바로 사라진 쿠엘라의 행동은 충분히 수상했다.

수상한 낌새가 보이는데 놓쳐버렸다. 다테는 신경질적으로 머리를 긁적이며 주변을 둘러보았다.

그 순간, 골목으로 사라지는 쿠엘라가 보였다. 다테는 생각할 새도 없이 골목을 향해 이동한 뒤 벽에 몸을 붙였다.

조심스럽게 벽 너머로 상황을 살피던 다테는 안도의 한숨을 쉬었다.

'찾았다.'

쿠엘라는 천천히 어디론가 걸어가고 있었다. 아마 다른 이들의 의심을 받지 않기 위함이리라. 다테 입장에서는 고마운 일이었다. 느리게 걸어가는 상대를 미행하는 게 훨씬 편했으니까.

'미행 오랜만인데.'

혼만큼은 아니더라도 전 야쿠자 출신인 다테도 미행경력은 꽤 된다. 다테는 적당히 거리를 유지하면서 쿠엘라의 뒤를 쫓았다. 중간중간에 쿠엘라가 뒤를 돌아보기도 했지만 다테는 재빨리 몸을 숨겨 위기를 모면했다.

쿠엘라가 도착한 곳은 성당이었다.

다테는 건물 위에 설치된 십자가를 보며 입을 벌렸다.

'여기도 종교가 있어?'

솔직히 이 망할 미궁을 보면 여기가 지옥이라고 생각해도 될 거 같기는 하다. 쿠엘라는 주변을 한 번 살펴본 뒤 성당 안으로 들어갔다.

자, 이제부터가 진짜 문제다.

성당 안으로 들어가는 것은 거의 불가능에 가깝다. 성당이라는 구조 자체가 소리가 울리게 되어있어 발소리를 숨기기도 어렵고, 또 눈에 보이는 입구는 쿠엘라가 들어간 거대한 문뿐이었다.

밖에서 기다리는 방법도 있겠지만 아무래도 성당 안에 뭔가 핵심적인 인물이, 혹은 물건이 있을 것만 같았다.

'어쩔까?'

다테는 고민 끝에 잠입하는 것으로 결정을 내렸다. 그렇다고 해서 입구로 들어갈 수는 없다. 다테는 조심스럽게 뒷문이 있나 찾았다. 보통 신부님이나 목사들이 들어가는 뒷문이 있기 마련이다.

'열려 있어라. 열려 있어라.'

속으로 기도하던 다테는 반쯤 열려있는 뒷문을 보고 무언의 환호성을 질렀다. 그것도 잠시, 다테는 다시 뒷문으로 다가가 슬쩍 안을 바라봤다. 안에는 쿠엘라와 로브를 뒤집어쓴 키 큰 남자가 대화 중이었다.

'뭐가 저렇게 커?'

남자의 키는 족히 2m는 가뿐히 넘을 것처럼 컸다. 하지만 빼빼 말라 마치 전봇대가 서 있는 듯한 느낌이었다. 쿠엘라는 남자의 앞에 서 있었다.

"인도자가 도시로 들어왔습니다."

"알고 있다."

다테는 숨을 죽였다. 역시나 성당 안이 중요했다.

"그래서 나인은 설득했나?"

남자의 목소리는 소름 돋을 정도로 건조했다. 쿠엘라는 입을 다물었다. 한참의 정적이 흐르고 쿠엘라가 힘겹게 말했다.

"못했습니다. 하지만 아직 기회가 있습니다."

"기회?"

남자는 쿠엘라의 턱을 잡아 올렸다.

"우리는 상관없다. 인도자는 전부 죽이면 된다. 다만 나인은 나도 죽이기 싫군. 내 친구의 아들이니까."

다테는 침을 꿀꺽 삼켰다. 나인이 오버로드의 아들이라는 것인가? 나인의 정체를 알지 못하는 다테의 입장에서는 상당히 충격적인 내용이었다.

그보다도 더 충격적인 내용은 이미 오아시스에 오버로드가 자리 잡고 있다는 것이다. 그렇다면 이곳이 함정이었을 가능성도 있다. 대화 내용으로 보아 나인은 이곳에 오버로드가 있는지 모르는 모양이었지만.

"나인만 데리고 밖으로 나가라."

"나인만 데리고?"

"그래, 그러면 된다. 그러면 여기 있는 인도자들은 내가 알아서 처리하도록 하지."

"알겠습니다."

다테는 이미 들을 것은 다 들었다고 생각했다. 망설일 이유가 없다. 혼에게 이 사실을 전달하고 같이 도망쳐야 한다.

"그나저나……"

그때 남자가 중얼거렸다. 다테는 심상치 않음을 느끼고 재빨리 다리를 움직였다. 그런데 그 순간 뒷문 옆 벽이 부서지면서 남자가 튀어나왔다. 앙상한 얼굴의 남자가 다테를 향해 미소 지었다.

"더 궁금한 건 없나? 학생."

"아하하, 길을 잃어서 말이야. 저, 저쪽으로 가면 도심인가? 아닌가. 아 처음 와서 잘 모르겠네."

"쿠엘라. 일이 끝나면 이걸 부숴라."

남자는 작은 구슬을 쿠엘라에게 건넸다. 쿠엘라는 곧장 땅을 박치고 달려나갔다.

식은땀이 겨드랑이부터 옆구리까지 흐르는 것이 느껴

졌다. 오버로드와, 그것도 몇 성인지는 몰라도 상당히 강력한 녀석과 일대일로 대면하는 것은 처음이었다. 남자는 로브를 벗었다.

앙상한 해골 같은 얼굴. 머리카락은 한 올도 남아있지 않았다.

"너는 인도자가 아니구나."

"그럼 놔줄 건가?"

"설마, 그럴 리가."

남자는 씩 웃었다. 다테는 바로 맹수화를 사용해 신체 능력을 끌어 올렸다. 저 오버로드를 뚫고, 쿠엘라를 앞질러 혼에게 과연 말을 전할 수 있을까?

힘들 거다.

딱 보기에도 4성급 오버로드. 이미 4성급 오버로드를 죽이고, 또 그들에게서 도망친 적이 있는 혼 일행이었다. 그런 그들에게 4성급 이하가 붙었다고는 생각할 수 없었다.

다테는 몸의 중심을 이리저리 이동시키더니 이내 남자에게로 돌진했다.

"우오오!"

최고속도를 내봤지만 남자는 가볍게 다테를 쳐냈다. 다테는 저 멀리 날아가 다시 남자를 노려봤다.

"원 없이는 안 되나."

다테는 조용히 중얼거렸다.

"원(元) 삼색 담배. 청."

다테의 손가락에 푸른 담배가 쥐어졌다. 다테는 크게 한 모금 빨더니 바닥에 버리며 일어났다.

"참."

다테의 안면근육이 씰룩거렸다.

"부작용 값은 하네."

마치 로켓이 발진하듯 다테가 남자를 향해 달려들었다.

"어?"

남자의 단말마가 들리기도 전, 그의 목이 바닥에 떨어져 굴렀다.

❖

나인과 쿠엘라의 집.

대화가 끝나고 나오는 나인의 손을 쿠엘라가 잡았다.

"이야기 좀 해."

"쿠엘라?"

헐떡거리는 쿠엘라를 보며 나인이 당황해했다. 쿠엘라의 표정에서 심각성이 드러났다. 혼은 나인을 툭 건드리며 미리 그의 말을 막았다.

"한 시가 바쁘다. 당장 떠나는 게 좋아."

"아, 잠깐만 대화하겠습니다."

나인이 말했다.

쿠엘라는 처음부터 인도자들이 찾아오는 것을 별로 좋게 생각하지 않았다. 그녀가 무슨 말로 나인을 흔들지 모르기 때문이다.

그러나 나인 입장에서는 쿠엘라를 거절할 수 없었다. 나인에게 있어 쿠엘라는 소꿉친구임과 동시에 가족과도 같은 존재였다. 오아시스에서 태어난 그 순간부터 쿠엘라는 항상 나인의 편이었다.

"금방이면 돼지?"

나인은 혼을 안심시키기 위해 쿠엘라에게 물었다. 쿠엘라는 고개를 끄덕이며 혼을 힐끗 본 뒤에 나인을 잡아끌었다.

"그럼 30분 뒤에 여기서 다시 보자."

"알겠습니다."

혼의 말이 떨어지자마자 쿠엘라는 나인을 데리고 도시 밖으로 향했다. 가만히 끌려가던 나인은 거리가 너무 멀어지자 쿠엘라에게 말했다.

"잠깐, 잠깐. 이제 듣는 사람도 없는데 여기서 얘기하지."

"조금만 더."

도시에서 벗어난 것을 확인한 쿠엘라는 멈춰 섰다.

"왜 인도자를 택한 거야?"

"말했잖아."

"왜 더 힘든 길을 가느냐고 물어보는 거야."

나인은 대답하지 않고 쿠엘라를 쳐다봤다. 쿠엘라는 그런 나인의 손을 잡았다.

"안전하게 가자. 어? 그냥 누구 편도 들지 말고 가만히 있자. 도망쳐다니면 오버로드들도 너는 못 잡잖아. 그렇지? 그냥 그렇게 안전하게……."

"쿠엘라."

나인은 쿠엘라의 손을 놓았다.

"그런 건 해결이 아니라 회피야."

"부술 수 없는 벽에 스스로 박을 필요는 없어."

쿠엘라가 미소를 지었다.

"그리고 내가 그렇게 만들지 않을 거야."

쿠엘라는 남자가 줬던 것을 꺼냈다. 그것은 보라색 구슬이었다. 쿠엘라는 손가락에 힘을 주어 그것을 파괴했다. 그러자 오아시스의 입구로 보라색 막이 생겨났다. 나인은 화들짝 놀라며 뒤를 돌아보았다.

"뭐야? 쿠엘라!"

"이러면 될거야."

쿠엘라가 미소를 지었다.

"이러면 너도 못 들어갈 테니까."

오아시스로 들어가는 입구는 벽으로 가로막혀 있었다. 나인은 벽을 부수려고 해봤지만 꿈쩍도 하지 않았다.

나인은 바로 능력을 사용했다.

만남의 인도자가 가지고 있는 기본능력.

그것은 정해진 위치로의 순간이동이었다. 오아시스는 그의 안방이나 다름 없는 곳이었기 때문에 당연히 저장되어 있었다.

그렇게 한참.

정신을 집중하던 나인이 서서히 눈을 떴다.

"아이린!"

나인의 외침에 만남의 천사 아이린이 빠져나왔다.

"순간이동이 안 되는데 어떻게 된 거야?"

"시공간이 완전히 뒤틀린 곳입니다. 이건 벽이 아닙니다. 경계선이죠."

아이린은 가볍게 설명하고는 말을 멈췄다.

"그래서 해결법이 뭔지를 알려줘야지."

"없습니다."

아이린은 기계적으로 말했다. 나인은 쿠엘라를 원망스럽게 쳐다봤다. 하지만 쿠엘라의 믿음은 변함이 없었다.

이게 가장 안전한 방법이다.

나인을 살리기 위한 가장 안전한 방법.

❖

혼은 보라색 벽이 하늘을 뒤덮는 것을 보고 있었다.

"이거 참. 뭐가 잘못된 거 같지?"

"그런 거 같네."

주변 환경이 급변하고 있었다. 무언가가 시작되어도 시작된 것을 뜻했다. 혼은 재빨리 니나를 수소문해 찾아갔다. 갈색 머리의 백인은 오아시스에 니나 하나밖에 없어서 그녀의 소재를 찾기는 쉬웠다.

모래 폭풍 여관.

혼은 재빨리 2층으로 올라갔다. 욕실에서 물소리와 함께 콧노래가 들려왔다.

"let it go~."

혼은 일단 욕실을 노크했다.

"혼이다. 빨리 나와라. 한시가 급하다."

"Let it go~! the perfect girl is gone~!"

물소리가 계속 나고 있어 아무래도 못 들은 것 같았다. 혼은 다시 문을 두드렸다.

"아! 기다려 좀! 몸은 닦아야……."

호바스는 머리를 긁적이다가 문을 가리키며 고개를 갸웃했다. 혼이 고개를 끄덕이자 호바스가 있는 힘껏 문을 걷어찼다.

그리고 두 남자와 이제 막 욕조에서 나오려던 니나의 눈이 마주쳤다.

"꺄아아악! 뭐하는 짓이야!"

"나와서 말려. 사막이라 금방 말라."

"이 미친놈들아! 잠깐! 악!"

니나는 벽에 머리를 박고는 울상을 지었다.

"알았어. 빨리 나갈게. 그만 봐!"

니나는 30초 만에 옷을 입고 나타났다. 목욕 때문인지, 아니면 이 전에 있었던 일 때문인지 모르겠지만 백옥같은 얼굴이 루비처럼 붉어져 있었다. 니나는 손부채를 부치며 나와 투덜거렸다.

"아니, 아무리 급해도 여자가 목욕하는데……."

그때 저 멀리서 천화가 달려왔다.

하늘이 이상하게 변하는 것을 감지한 천화는 곧장 나인의 집으로 돌아온 것이다. 집 앞에는 혼과 호바스, 그리고 니나가 서 있었다. 천화는 황급히 하양이의 등에서 내리며 말했다.

"다테씨는요?"

"뭔 일이 생겼겠지."

다테는 쿠엘라를 따라갔을 것이다. 하지만 쿠엘라는 혼자 나인을 찾아왔다. 그 말은 다테가 쿠엘라를 어딘가에서 놓쳤던가, 혹은 피치 못할 사정이 있어 쿠엘라를 미행하지 못했다는 것을 뜻했다.

"둘씩 나뉘어서 찾아보자."

열쇠는 다테가 쥐고 있다. 만약 다테가 쿠엘라를 제대로 미행했다면 현재 상황을 누구보다 잘 알고 있는 사람이 된다. 하지만 이 보라색 하늘을 발견하고도 아직까지 돌아오지 않는 것을 보면 무슨 일이 나도 난 것이다.

"나랑 천화. 그리고 호바스랑 니나가 한조다. 하양이는 니나 따라가."

-왜? 싫어.-

하양이가 정색하며 말했다.

"네가 나한테 말을 해줘야 상황을 알거 아니냐. 시키는 대로 해라."

"하양이가 말을 해요?"

천화가 놀란 듯 물었다. 하지만 혼은 대답해주지 않고 그대로 앞으로 걸어나갔다.

"빨리 가자. 수염 아저씨가 시체가 되기 전에."

＊

　　그 시각 다테는 냅다 달리고 있었다.

　　"제기랄, 미행에 신경 쓰다가 길을 못 외웠어!"

　　다테는 골목길을 따라 달리고 있었다.

　　결과부터 말하자면 오버로드는 죽지 않았다. 오버로드를 죽이기 위해서는 오버로드의 몸 어딘가에 있는 혈석을 파괴해야 했다. 그렇지 않으면 절대로 죽지 않는다. 재수가 없게도 이번 오버로드는 바로 재생하는 타입이었다.

　　"제기랄, 약발 떨어지네."

　　청색 담배.

　　그것은 신체능력을 강화해주는 것이었다. 짧은 각성 시간 동안 폭발적인 힘을 낼 수 있었지만 그만큼 후폭풍을 견뎌내야 했다. 덕분에 점점 다테의 신체능력은 내려가고 있었고, 바로 뒤로 오버로드가 추격하고 있었다.

　　여차하면 두 번째 담배까지 펴야 하는 상황이다.

　　다테로서는 다행히도 붙잡히지 않고 큰길로 나올 수 있었다. 큰길만 찾으면 나인의 집까지는 길을 알고 있었다. 그러나 문제는 오버로드를 달고 가야 한다는 것이다.

　　'그냥 여기서 처리를 해야 하나⋯⋯.'

순간 멈춰 서서 고민하는 사이, 바로 뒤까지 오버로드가 다가왔다. 다테는 생각할 새도 없이 말했다.

"원(元) 홍색 담배."

다테는 홍(紅)이라 적힌 담배 하나를 소환했다. 그것을 입에 물고 한 모금을 들이마시려는 찰나 오버로드는 다테 등을 공격했다.

그때, 혼이 등장했다.

혼은 오버로드를 향해 검을 내리치며 말했다.

"한눈팔면 안 되지?"

다테는 반갑게 혼을 쳐다봤다.

"아따, 이거 한 대만 피려고 했는데."

혼의 등장. 그것은 상황이 역전되었음을 뜻했다. 이미 혼은 4성급 오버로드들을 이긴 경험이 있었다. 물론 천화가 전신의 계약서를 통한 것이었지만 천화도 준비된 상황이었다.

다테는 일단 홍색 담배를 버렸다.

혼은 오버로드를 뒤로 밀어낸 뒤 한 템포 쉬며 물었다.

"알아낸 건 있나? 저건 뭐지?"

"일단 저건 오버로드. 4성급 추정. 그리고 쿠엘라라는 년이 내통하고 있더라고."

"내통이라."

오버로드가 대화에 끼어들었다.

"내통이라고 할 수 없지. 그녀는 처음부턴 너희 편이 아니었으니까."

"말장난하기는 싫은데 말이야. 천화야. 전신의 계약서를……."

"아, 아. 난 너희와 싸우려는 게 아니야."

오버로드는 손사래를 치며 한 걸음 물러났다.

"아무리 그래도 인도자 넷이랑 혼자 싸울 만큼 난 멍청하지 않아. 다만……."

오버로드는 혼을 향해 무언가를 날렸다.

천화는 버릇처럼 수호설로 보호막을 만들었다. 검은 물체가 혼의 앞에서 보호막에 막혀 사라졌지만 오버로드는 미소를 머금은 채로 서 있었다.

"목표한 건 아니었지만, 그래도 인도자가 잡혔네."

오버로드의 말에 혼은 천화를 돌아봤다. 천화는 고개를 갸웃하며 무슨 일 있냐는 듯이 다테와 혼을 쳐다봤다.

"제길."

혼이 중얼거렸다.

"무슨 일 있어요?"

다테와 혼은 마치 귀신을 본 것처럼 창백해져 있었다.

두 사람의 시선이 자신이 아니라 자신의 머리 위를 향하고 있다는 것을 알아챈 천화가 천천히 고개를 들어 올렸다.

보라색 줄이 보였다.

마치 인형사가 쓰는 십자가 모양의 나무판자가 떠 있었고, 그곳에서 내려온 줄이 천화의 목을 휘감고 있었다. 보라색 기운이 감싸고 있는 밧줄은 끊어보려고 해도 꿈적도 하지 않았다. 그것이 무엇을 뜻하는지는 혼도, 다테도, 그리고 천화도 알고 있었다.

교수형이다.

수호설은 단순한 보호막이 아니다. 다른 이가 받을 데미지를 정신적인 데미지로 바꾸어 천화가 대신 맞는 것이었다. 특수공격은 특수공격 그대로 천화가 받게 된다. 덕분에 특수공격이라고 할 수 있는 오버로드의 공격이 천화에게 그대로 적용된 것이다.

"시간이 지날수록 그것은 너의 목을 조를 것이다."

오버로드는 킬킬거리며 웃더니 로브를 휙 던졌다.

"죽음의 순간을 만끽해라."

혼은 재빨리 오버로드를 향해 돌진했다. 그러나 일루미나는 허공을 가르고 지나갔다. 그곳에는 이미 로브밖에 남아있지 않았다.

"안 끊어져? 진짜?"

다테가 재빨리 천화에게 달려가 손톱으로 밧줄을 끊기 위해 안간힘을 썼다. 불의 기운을 담아도, 얼음의 기운을 담아도 밧줄은 굳건했다. 천화는 양손으로 밧줄을 잡았다.

"조금 답답하네요."

"그게 문제가 아니잖아!"

차라리 그냥 싸웠어야 했다. 정보 따위 녀석을 이기고 혼에게 전달했어야 했다. 지더라도 그냥 그 자리에서 죽는 편이 나았다.

다테는 머리를 쥐어 잡았다.

자기가 오버로드를 끌고 왔기 때문에 이 일이 벌어졌다는 생각이 들었다. 혼이 세버런스를 들고 와 밧줄을 끊으려고 했지만 역시나 불가능한 일이었다. 혼이 처음으로 당황한 듯한 표정을 지었다.

'생각해라.'

지금 당장 이걸 어떻게 해결할 수 있을까. 오버로드를 잡아 물어보기 전까지는 알 수 있는 방법이 없었다. 그러나 오버로드는 이미 모습을 감췄다. 만약 이 보라색 벽 밖으로 나간 것이라면 천화의 죽음은 확정이다.

아무리 냉정하게 생각해봐도 방법은 하나뿐이다. 오버로드를 찾는다.

"오버로드를 찾아야지."

"어, 그래."

다테가 고개를 끄덕였다. 혼은 그렇게 말하면서도 인상을 썼다.

이 오버로드가 벽 밖으로 나갔다면? 아니면 천화에게 남은 시간이 매우 짧다면? 최악을 생각하면 할수록 정말 운에만 기댈 수밖에 없는 상황이었다.

모 아니면 도.

"괜찮아. 내가 찾아준다."

다테가 힘을 담아 말했다.

"그러는게 좋을 거 같다."

다테는 혼의 대답을 듣지도 않고 달리기 시작했다.

메이즈 헌터에 들어온 이유.

그것은 오로지 천화를 구하기 위함이라고 생각했었다. 이미 동생이 죽은 뒤 하는 대리만족일지 모른다. 소 잃고 외양간 고치기일지 모르지만 적어도 천화는 새로운 가족이 생겼다고 생각이 들 만큼 다테에게 잘해주었다.

다테의 머릿속에는 천화를 지켜야 한다는 것, 그것 외에는 들어있지 않았다.

혼은 저 멀리 달려가는 다테를 보다가 말했다.

"리첼리아. 다른 놈들 찾아서 여기로 데리고 와."

"어머, 저 없이 괜찮겠어요?"

리첼리아가 인간형으로 모습을 바꾸며 말했다. 그리고는 신기하다는 듯이 천화의 목에 걸려있는 밧줄을 만지작거리기 시작했다. 타르티스도 이미 나와 걱정스럽게 천화를 쳐다보고 있었다.

"이야, 이건 못 끊겠네요."

리첼리아가 미소를 지었다. 타르티스는 그런 리첼리아를 매섭게 노려봤다.

"리첼리아 언니. 이게 웃을 일이야?"

"뭐 내가 울 일은 아니지."

"리첼리아! 빨리 호바스랑 니나를 데리고 와라."

"네~. 그러지요. 조심하세요~."

리첼리아는 그렇게 빙긋 웃으며 날아갔다. 타르티스는 자신도 사람들을 찾아보겠다며 천화의 곁을 떠났다. 혼은 혼자 앉아있는 천화를 가만히 쳐다보다가 고개를 돌렸다.

"꼭 찾아오마. 기다려라. 호바스랑 니나가 오면 상황 말하고. 알았지?"

"걱정하지 마세요."

걱정하지 않을 수가 없는 상황이다. 막말로 1분 뒤에 저 줄이 천화의 목을 조른다고 하더라도 할 수 있는 것이 없으니까. 지금으로써는 단순히 그저 천화에게 남은 시간이 충분하기를 바랄 뿐이었다.

천화는 달려가는 혼의 뒷모습을 보며 한숨을 쉬었다.

"큰일 나긴 했네."

줄이 조금씩 조여오는 것이 느껴졌다. 이 속도라면 10분 정도면 답답해지기 시작해서 30분이면 목뼈가 부러져 죽어버릴 것이다. 그렇다고 혼에게 이 사실을 말할 수는 없었다. 그렇게 되면 판단을 정확하게 내릴 수 없을 테니까.

"30분인가?"

천화는 줄을 힘껏 당겼다. 전혀 늘어나지 않는다.

"시간 참 짧네."

그렇게 잠시.

호바스와 니나는 금방 천화의 곁으로 왔다. 천화는 혼의 말대로 두 사람에게도 상황을 설명했다.

"이야, 굉장한 거에 걸렸네. 필살의 저주라니."

호바스의 말대로 필사(必死)의 저주다. 죽음을 피할 수 없는 저주. 시간이 지나면 상대는 무조건 죽는다.

"이런 능력을 쓰는 놈이 있다고는 상상도 못 했는데 말이야."

"그러면 어떡해?! 천화가 죽으면 이 길드에서 버틸 수가 없단 말이야!"

니나가 머리를 부여잡았다. 호바스와 혼, 그리고 다테

사이에서 홀로 여자란 말인가. 아니, 여자라는 점은 괜찮다. 다만 혼과 호바스와는 상성이 너무 안 좋다. 유일하게 상성이 좋은 사람은 같은 여자이며 성격이 그나마 비슷한 천화 뿐이란 말이다.

"하하하, 그게 문제인가요?"

천화가 머쓱하게 웃으며 머리를 긁적였다.

"일단 그럼 그 오버로드를 찾아야겠네. 흥분되는데. 이런 극한의 상황. 제피스차!"

호바스가 말했다.

"오버로드를 찾아 죽이는 승부. 누가 가장 먼저 찾아서 죽이는지. 승부를 걸자."

"알겠습니다. 하지만 조건은 나쁜 것을 걸 수 없습니다. 화합의 인도자의 서약서 때문에……."

"1분간 춤추기면 돼. 뭐 메이즈 헌터 길드가 손해 보는 건 없잖아? 그 정도면 충분히 굴욕적이겠지. 하하하! 혼, 이번에는 이겨주마!"

제피스차가 손가락을 튕기자 잠시 세상이 반짝였다. 제피스차는 능력만 사용한 뒤 다시 호바스의 몸 안으로 들어갔다. 호바스는 곧장 달려나가기 시작했다. 호바스의 입장에서는 천화가 어떻게 되더라도 상관이 없었으니 가장 마음이 편한 사람일 것이다.

"하아."

천화는 한숨을 쉬며 이마를 부여잡았다.

"일단 저도 찾아볼게요."

"힘내. 나도 꼭 찾아볼게. 아르마티아!"

니나는 아르마티아를 붓으로 바꿔 순식간에 소동물을 그려냈다. 다람쥐나, 토끼, 지렁이나 개미까지 순식간에 그려져 생성되었다. 그것들은 창조되자마자 사방으로 흩어지기 시작했다.

니나는 창고에서 작은 컴퓨터 같은 것을 꺼냈다. 컴퓨터의 뚜껑에는 한입 베어 문 바나나가 로고로 박혀 있었다.

"내가 계발한 컴퓨터야. 제들이 보는 정보가 문서화 되어서 실시간으로 들어와."

니나가 컴퓨터 화면을 보여주었다. 실제로 초당 수십 개의 문장이 컴퓨터에 올라오고 있었다. 그중 몇 개는 붉은 색으로, 몇 개는 푸른색으로 표시되었다.

"여기에 이제 보라색 문장이 올라오면 그 오버로드를 찾은 거야."

원하는 정보는 하이라이트가 되어서 올라온다. 그것이 포사토이오가 정보력에 있어 강점을 가지는 이유였다. 아무리 많은 문장이 올라오더라도 필요한 정보는 알아서 하이라이트 되어 나오기 때문이다.

니나는 쉬지 않고 창조해냈다.

그러나 10분이 지나도록 노트북에 보라색 문장이 떠오르는 일은 없었다. 혼과 호바스, 그리고 다테도 돌아오지 않았다.

천화는 조금씩 조여오는 밧줄을 손으로 잡았다.

"아파?"

니나가 화들짝 놀라며 천화를 쳐다봤다.

슬슬 아프다. 숨쉬기가 조금씩 힘들어졌다. 목이 워낙 얇은 덕에 아직 어느 정도 괜찮았지만 생각보다도 더 빠르게 밧줄이 조여왔다.

"이거 30분도 못 버티겠는데요?"

"30분? 30분밖에 없는 거였어?!"

니나가 화들짝 놀라 외쳤다.

"어, 10분 지났으니까 20분밖에 없는 거네요."

"근데 왜 그러고 있어?! 빨리 찾아야지."

천화는 몸을 일으켰다. 자신도 앉아 있을 순간이 아니었다. 호바스와 니나에게는 말을 다 전했으니 움직여야만 한다. 허나 밧줄은 천화의 기력까지 전부 다 빨아먹고 있었다. 점점 힘이 빠져 다리마저 후들거렸다.

'이거 참, 도와줘야 하는데.'

천화는 힘겹게 일어났다. 천화는 다시 주저앉았다. 그 때 하늘에 떠 있는 보라색 벽이 점점 흐려지기 시작했다.

'풀리는 건가?'

생각보다 빠르게, 도시를 감싸고 있던 벽이 허물어지고 있었다. 마치 유리가 깨지듯 보라색 벽이 산산조각나 사라지기 시작했다. 그때, 저 멀리서 혼이 날아왔다. 혼은 주변을 두리번거리더니 천화의 어깨를 잡았다.

"뭐야? 그놈 잡은 거 아니었어?"

현재 오아시스에 있는 오버로드는 한 명으로 추정된다. 그렇다면 벽도 천화에게 저주를 내렸던 그 녀석이 만들었다고 보는 것이 타당했다. 벽을 10분 만에 취소할 리는 없으니 그 오버로드가 잡힌 것이라고 혼은 생각했다.

그러나 오버로드는 잡히지 않았다. 천화에게 내려진 저주는 아직도 유효했다.

"그럼 벽은 왜?"

그 순간 혼의 바로 앞에 나인이 나타났다. 나인은 헐레벌떡 뛰어오더니 숨을 돌리지도 않고 말을 이어갔다.

"다, 당장 나가야 합니다."

"무슨 일이지?"

"오버로드가 코앞까지 왔습니다."

혼은 미간을 찌푸렸다. 분명히 나인의 말대로라면 반나

절의 시간이 있다고 했다. 그렇기 때문에 쿠엘라와 나인의 대화를 용납한 것이었다. 만약 10분밖에 없었다면 당장 이동했을 것이다.

"10분밖에 안 지났는데 그게 무슨 소리야?"

"10분이라뇨?"

나인은 영문을 알수 없다는 듯이 말했다.

"12시간 넘게 지났습니다!"

"12시간? 분명 10분 조금 넘게……."

혼은 가만히 생각에 잠겼다. 나인의 말에 거짓은 없다. 그리고 10분 조금 넘게 지난 것도 사실이다. 그렇다면 유추해낼 수 있는 것은 하나다. 보라색 벽 밖의 시간과, 안의 시간이 다른 것이다.

계산을 대충 해보자면 1분에 한 시간.

오버로드가 이곳 오아시스로 쳐들어오기 충분한 시간. 그렇기 때문에 그 오버로드는 벽을 허물게 하고 나인이 들어올 수 있게 해준 것이다. 천화가 저주에 걸렸고, 또 이미 지원군이 와 오아시스를 포위할 수 있기에.

"완전히 당했네."

혼이 인상을 쓰며 말했다.

"지금 당장 나가야 합니다. 모두를 모으세요. 다른 안전지대로 순간이동 하겠습니다."

"안 돼."

혼이 고개를 저었다.

"그랬다가는 천화가 죽는다."

천화는 저주에 걸려있다. 이대로 나인의 능력을 사용해 오아시스를 빠져나간다는 것은 천화를 포기하는 것이나 다름없다.

감정적으로도 불가능하고, 이성적으로도 불가능한 일이다.

천화의 능력은 필수적이다.

전신의 계약은 전력을 2배, 아니 3배 4배는 강화시킬 수 있는 최강의 기술이다. 당장 전신의 계약이 없다면 혼은 물론이고 나머지 다테나 호바스도 4성급 오버로드를 상대로 제대로 싸울 수가 없었다.

또한 호바스나 니나 같은 불확실한 팀원을 관리하기에도 천화의 능력은 필수적이다. 천화가 사라진다는 것은 앞의 적뿐만이 아니라 통통 튀는 아군도 걱정해야 한다는 것을 뜻한다.

이러나 저러나 천화는 포기할 수 없다.

"그러면 어떡합니까? 나머지라도 살아야."

"핵심을 잃어버리면 죽는 거나 다름없다."

혼이 툭 던지듯 말하며 앞으로 나아갔다.

"니나, 너는 계속 그 오버로드를 찾아라. 호바스와 나는 지원군을 막지. 나인은 호바스를 여기로 데려와 줘."

안텐과 스네일.

두 4성급 오버로드가 지금 오아시스의 코앞까지 다가왔다. 인원분배는 필수였다. 다테와 니나는 수색에 남겨 두고 혼과 호바스는 나머지 오버로드들을 막아야 했다.

"전신의 계약서 두 장."

혼은 천화에게 손을 내밀었다. 타르티스는 빠르게 계약서를 만들어 혼에게 건네준 뒤 울먹이며 말했다.

"우리 인도자님 괜찮겠죠? 죽음 오빠."

인도자란 천사에게 있어 부모와 같은 존재다. 그들이 이 세상에서 살아갈 수 있게 해주는 유일한 존재. 천화의 죽음은 타르티스가 다시 자신들만의 백색 세계로 사라진다는 것을 뜻했다.

다시 인도자가 나타날 때까지 말이다.

"괜찮을 거다."

"데리고 왔습니다."

나인과 호바스가 혼의 앞에 나타났다. 호바슨느 영문을 모르겠다는 듯이 머리를 긁적이고 있었다.

"뭐야? 그놈 찾는 거 아니었어?"

"더 재밌는 일이 있다. 오버로드 사냥이지. 저번에 봤던

놈들 기억하지?"

"아, 그놈들?"

호바스는 고개를 끄덕였다.

"좋아, 그럼 거기로 가보자고."

그때 저 멀리서 쿠엘라가 달려왔다. 쿠엘라는 숨을 헐떡이며 나인과 호바스, 그리고 혼을 쳐다봤다. 혼은 쿠엘라에게 시선을 한번 주고는 무시하고 앞으로 걸어나갔다. 쿠엘라는 혼이 다가오자 입을 열었다.

"끝났어. 뭘 더 하려고 하는 거야?"

"끝났다니?"

혼이 반문하자 쿠엘라가 매섭게 혼을 노려봤다.

"끝났다고. 너희는 다 끝났어. 괜히 우리 나인이 꼬시지마. 죽으려면 너희만 죽으라고. 알았어?"

이미 희망은 없다. 4성급 오버로드가 오아시스에만 3명이다. 그리고 나머지 3성급 오버로드와 2성급 오버로드까지 전부 합치면 미궁 내 모든 워커들을 모두 모아야만 싸울 수 있을 정도의 전력이다.

고작 인도자 4명, 그리고 워커 하나가 감당할 수 있을 정도의 상황이 아니다.

그리고 이 모든 상황을 만든 것은 쿠엘라였다.

나인은 살아남을 것이다. 쿠엘라는 오버르드가 시키는

것을 전부 완벽하게 수행했다. 나인은 반은 오버로드이니 살아남을 수 있을 것이다. 이렇게 또 오아시스까지 지킬 수 있다.

"너는 안전하다고 생각하겠지."

혼은 마치 쿠엘라의 속마음을 꿰뚫어본 듯 말했다.

"뭐?"

"너는 네가 안전하다고 생각하겠지. 그렇지?"

"당연하지. 난 다 했다고. 그분이 시킨 걸 완벽하게!"

"그래서 문제야."

혼은 희미하게 미소를 지었다.

"토사구팽이라고 아나?"

"뭐?"

"사냥이 끝나면 사냥개는 쓸모가 없는 법이지. 가자, 호바스."

혼은 뒤로 돌아 앞으로 걸어나갔다. 쿠엘라는 주먹을 꽉 쥐고 그런 혼의 뒷모습을 바라봤다.

"아니야. 그렇지 않아."

안전할 것이다.

안전해야만 한다. 지금까지 나인과 반대되는 길을 걸은 이유는 그 길이 모두가 사는 길이라고 믿어 의심치 않았기 때문이다.

무조건 안전한 길어야만 한다. 그러기 위해서 쿠엘라는
다시는 돌아올 수 없는 길을 걸었으니까.

❖

"저기에 그놈이 있는 거지?"

안텐이 흥분에 차 말했다. 오아시스의 입구 앞. 스네일
과 안텐의 뒤로는 괴수형, 인간형 오버로드들이 자리 잡
고 서 있었다. 안텐은 미소를 머금고 말했다.

"그건 내 것이다. 알겠지? 알겠지? 너희도 다 알았
지?"

"그만해라. 안에 계신 유카림이 처리했을 수도 있다."

"그러면 유카림을 죽여야지!"

"네가?"

스네일이 마치 얕보듯 안텐을 쳐다봤다.

유카림.

4성급 오버로드는 이 미궁에 4명 존재한다. 그중 하나
가 혼에게 죽은 페이스레스. 태어난 지 얼마 안 된 햇병아
리다. 그리고 안텐과 스네일은 거의 동시기에 태어났다.
일종의 동기라고도 할 수 있었다.

유카림은 몇백 년을 살아온 4성급 오버로드다. 그 어떤

전투에서도 살아남았으며, 예전 대격변 때도 살아남았다.

유카림은 영악하다. 하지만 4성이라는 이름에 걸맞게 강력했다. 수백 년간 단련해온 기술과 능력은 오버로드 중 최고라고 불러도 손색이 없었다. 그렇기 때문에 아마 그는 죽음의 인도자를 먼저 노렸을 것이다.

죽음의 인도자만 없으면 인도자들의 전투력은 절반으로 뚝 떨어지니까.

탄생의 인도자와 화합의 인도자는 대대로 전투력이 낮다. 만남의 인도자는 짜증 나지만 이동하는 능력이 전부다. 분쟁의 인도자는 전투력이 상당하지만, 고작 한 명으로 할 수 있는 일에는 한계가 있다.

그렇기 때문에 죽음의 인도자가 핵심이다.

유카림은 그것을 아주 잘 알고 있는 오버로드 중 하나 아니던가.

스네일은 죽음의 인도자가 살아있을 가능성이 작다고 점쳤다.

"안 돼! 내가 죽일 거야! 내가 죽일 거라고!"

"자, 들어가자."

스네일이 한 발을 내딛자 뒤에 서 있던 오버로드들이 우르르 몰려 들어갔다. 스네일은 그런 오버로드들에게 명령했다.

"보이는 모든 것은 죽여라."

그렇게 오아시스 학살이 시작되었다.

❖

"뭐야?"

쿠엘라는 무너지는 건물을 보며 굳어있었다. 분명히 유
카림이 말했다. 오아시스에 사는 이들은 건들이지 않겠다
고. 물론 나인도 건들지 않겠다고 말이다. 그러나 쿠엘라
의 바람과는 달리 오버로드들은 인도자가 아닌 오아시스
를 짓밟고 있었다.

이건 아니다.

유카림은 분명히 약속했다. 오아시스는 놔두겠다고. 나
인은 살려주겠다고.

"아, 아직 말을 못 전한 거야."

쿠엘라가 급히 주변을 살폈다. 유카림을 찾아야 한다.
그에게 가서 다른 오버로드에게 자신과 한 약속을 알리라
고 해야 한다.

"유카림! 유카림!"

쿠엘라는 목이 터져라 외쳤다. 그러나 그런다고 유카림
이 모습을 드러낼 리가 없었다. 나인은 굳은 얼굴로 무너

져내리는 오아시스를 보다가 쿠엘라의 어깨를 잡아 돌려 세웠다.

"네가 말하는 그 유카림이라는 놈 어딨는지 몰라?"

"나인."

쿠엘라는 나인을 똑바로 바라볼 수가 없었다. 지금 이 상황은 쿠엘라가 자초한 것이라고 봐도 무관했다. 하지만 희망은 있다. 유카림을 찾아서 잘 이야기하면 이 문제는 곧 해결될 것이다.

"모, 모르지만 찾으면 돼. 내가 찾아줄게. 알았지? 내가 찾아서⋯⋯."

"아아, 거기 인도자 셋이나 있네요."

날카로운 소녀의 목소리가 들렸다.

초록 단발머리에 소녀. 안텐이 걸어오고 있었다. 그녀는 두리번거리며 혼을 찾다가 천화의 상태를 보고는 박장 대소했다.

"아하하하, 뭐야 너. 네가 걸린 거야? 유카림의 행 맨."

천화는 한 손으로 밧줄을 잡고 안텐을 노려봤다. 니나는 당장 자리에서 일어나 금방이라도 방어탑을 그리기 시작했다. 그때 쿠엘라가 앞으로 나가기 시작했다.

"유, 유카림의 동료 맞죠?"

쿠엘라는 조심스럽게 한 걸음씩 내디뎠다. 안텐은 고개를 갸웃하며 말없이 쿠엘라를 쳐다볼 뿐이었다.

"저, 저는 쿠엘라라고 합니다. 유카림님이 오면 금방 알 수 있을 텐데 저는 적이 아닙니다. 알아들으셨나요?"

"아, 그래. 계속 말해봐."

"저랑 제 친구 나인. 그리고 도시 오아시스는 오버로드 편입니다."

"호오~. 그래?"

안텐이 감탄하며 고개를 끄덕였다.

"뭐야, 그런 거였어? 그런 거면 여기 부수면 안 되겠네."

"그, 그렇습니다."

쿠엘라의 얼굴에 화색이 돌았다.

그러면 그렇지 대화가 제대로 안 된 것뿐이었다. 비록 이미 많은 건물이 부서지고 셀 수 없는 사람들이 희생되었지만 오버로드가 습격한 것치고는 비교적 피해 없이 막은 것이라고 할 수 있었다. 쿠엘라는 안텐의 반응에서 자신의 선택이 틀리지 않았다는 것을 확신했다.

"그러니 공격을 멈추고, 저기 저 두 인도자를 제거해주십시오."

"쿠엘라. 돌아와."

나인이 나지막하게 말했다. 그러나 쿠엘라는 도리어 그런 나인을 노려보았다.

"이상적인 생각은 그만해. 우린 진다고. 어차피 못 이겨."

오버로드와 전쟁을 한다는 것은 미친 짓이다. 어차피 이길 수 없다. 상황은 이미 오버로드의 승리로 기울고 있었다.

"맞아. 맞아. 저 여자가 하는 말이 현실을 똑바로 아는 거지. 하하하."

안텐이 거들었다.

"그런데 너도 참 순진하다."

안텐이 쿠엘라를 쏘아보았다. 쿠엘라는 순간 무언가가 잘못되었다는 것을 깨달았다. 안텐의 눈빛은 같은 편을 보는 그런 눈빛이 아니었다.

사냥감을 보는 맹수의 눈빛.

"유카림은 우리도 안 믿어."

"쿠엘라!"

안텐이 돌진해서 쿠엘라의 가슴을 베었다. 쿠엘라의 가슴에서 뿜어져 나온 피가 바닥을 적셨다.

"쳇."

안텐은 짜증 섞인 한마디를 뱉었다.

얕았다. 분명히 느낌은 있었지만 얕았다. 그리고 그 이유는 쿠엘라가 빠르게 피했기 때문이 아니었다.

만남의 인도자. 나인이 재빠르게 쿠엘라를 뒤에서 잡아 끈 것이었다.

쿠엘라는 쿨럭거리며 나인을 올려다보았다. 나인은 재빨리 창고에서 혈석을 꺼내 쿠엘라의 입속에 넣었다.

"아, 이게 아닌데. 이러면 안 되는데."

"뭐가 안 돼. 이럴 줄 몰랐어?"

나인이 입술을 깨물었다.

오버로드는 믿을 수가 없다. 만약 쿠엘라가 오버로드와 내통하고 있었다는 것을 미리 알았다면 처음부터 그녀의 말을 하나도 듣지 않았을 것이다.

나인은 쿠엘라가 단순히 자신을 걱정하는 것이라고 생각했다. 그리고 걱정은 타당하다고, 그렇게 안일하게 생각했다. 쿠엘라는 계속해서 이건 아니라는 말을 반복할 뿐이었다. 가만히 듣고 있던 나인이 조용히 읊조렸다.

"닥치고 있어."

쿠엘라는 그런 나인을 가만히 쳐다봤다.

"내가 알아서 해결해 줄 테니까, 닥치고 있으라고. 알았어?"

"나인."

그가 이렇게 강하게 말하는 것은 쿠엘라도 처음 보는 것이었다. 언제나 온순하고, 언제나 정의롭게.

그렇게 살아왔다.

"유카림은 내가 죽일 거야. 어차피 내가 죽일 거였어. 처음부터."

나인은 그렇게 말하며 자리에서 일어났다.

안텐은 가만히 그 모습을 보며 검을 다시 어깨 위에 올렸다. 그리고는 자신과는 상관없다는 듯 다른 쪽으로 시선을 옮겼다.

"너희는 필요 없거든. 죽음의 인도자는 어딨어?"

"죽음의 인도자?"

"그래, 그 죽음의 인도자. 유카림은 저 행맨을 한 명한 테 밖에 못 쓰거든. 아직 쟤도 죽지 않은 걸 보면 죽음의 인도자도 죽지 않은 거 같은데."

"모른다고 하면?"

천화가 말했다. 안텐은 그런 천화에게 고개를 돌리며 미소를 지었다.

"네가 죽는 시간이 조금 더 빨라지겠지?"

"어이, 넌 뭐야? 최종 보스야?"

그때, 호바스가 저 멀리서 걸어왔다. 그의 뒤에는 이미 노예가 된 듯한 여자처럼 생긴 오버로드 둘이 개처럼 기어오고 있었다.

"최종보스? 아하하, 그렇게 보여? 내가? 그것참 고맙네?"

안텐이 몸을 비비 꼬며 말했다.

"아, 그년이구나. 그때 화합하나 못 죽여서 쩔쩔매고 있던."

호바스는 안텐을 기억해내고 말했다. 안텐은 인상을 찌푸리더니 이내 소리 내 웃었다.

"시간 더 있었으면 죽였어? 왜 그래?"

"원래 실패한 사람들이 변명은 잘하지. 그렇지?"

"네가 오늘 죽고 싶구나."

"어차피 죽일 생각이었으면서. 제피스차."

제피스차가 튀어나와 호바스의 앞에 섰다. 제피스차가 손가락을 튕기자 안텐과 호바스가 어디론가 이동했다.

어둠으로 사라진 두 사람은 서로를 노려봤다.

"뭐하는 짓이지?"

"승부하자. 네가 이길지 내가 이길지."

"하하, 승부?"

"그래, 승부 말이야. 종목은 단순하게 싸움으로 하지. 그리고 내가 원하는 건 말이야."

호바스는 곰곰이 생각하다가 말했다.

"내가 이기면 넌 나의 개가 되어라."

안텐이 이마에 핏줄이 섰다. 개가 되라고? 지금 오버로드에게 인도자의 개가 되라고 하는 것인가? 역사상 그 어떤 오버로드도 이런 어이없는 상황을 맞이한 적은 없으리라. 안텐은 주먹을 꽉쥐고 부들부들 떨다가 진정했다.

"그래? 그럼 나도 걸지. 내가 이기면 너를 죽을 때까지 고문해주마."

"그거 재밌겠네."

"승부를 시작하겠습니다."

제피스차가 손가락을 튕기자 두 사람이 이동했다. 오로지 두 사람 밖에 없는 장소. 그곳은 드넓은 평원이었다. 어디로도 도망칠 수 없고, 어디에도 숨을 수 없는 그런 곳. 안텐은 주변을 둘러보다가 미소를 지었다.

"저 언니 센스있네. 이런 지형을 골라주고 말이야."

호바스는 손가락을 까닥였다.

"긴말 하지 말고 덤벼."

그는 그렇게 말하며 주머니에 있는 전신의 계약서를 움켜쥐었다.

"이거 참. 오버로드가 내 개가 되는 걸 상상하니."

호바스는 혀로 입술을 적셨다.

"지리게 짜릿하네."

그 시각, 다테는 계속해서 유카림을 찾고 있었다.

유카림은 마치 소멸한 것만 같았다. 도시 어디에도 그의 흔적은 남아있지 않았다. 슬슬 초조해지기 시작한다.

다테또한 도시에 오버로드가 들어온 것을 알고 있었다. 저주를 차치하더라도 이제 정말 시간이 없는 것이나 다름없었다.

그런데 그 순간, 다테의 앞에 보라색 원이 생겨났다. 보라색 원은 점점 커지더니 그 안에서 유카림이 걸어 나왔다.

"끈질기게도 쫓더군."

유카림의 모습을 본 다테의 동공이 커졌다.

유카림이 왜 튀어나왔는지에 대한 의문은 없었다. 그저 유카림을 발견했다는 사실만이 중요했다. 이제 천화를 살릴 수 있다면 확신이 들었다. 그러나 서두르면 안 된다. 신중하게 차근차근.

"네가 건 그 기술을 풀 방법을 말해라."

"아, 그렇게 물어보면 내가 말해줄까?"

"한 가지만 확인하고 싶을 뿐이다. 널 죽이면 풀리는 것인지."

유카림은 입을 삐죽 내밀고 눈동자를 굴렸다.

"글쎄?"

"망할 자식."

만약 유카림을 죽였는데 저주가 풀리지 않는다면 천화를 살릴 방법은 사라진다. 그렇기 때문에 다테는 쉽게 유카림을 공격할 수는 없었다. 전력을 다해도 이길 수 있을지 모르는 상대. 그런 놈을 상대로 사정을 봐주기는 쉽지 않은 일이었다.

"왜? 내가 죽으면 뭐 큰일이라도 나나?"

유카림이 끌끌거리며 웃었다.

"그 여자를 살리고 싶나? 그러면 다른 인도자들을 죽여라. 그러면 살려주지."

"뭐?"

"다른 인도자 하나를 네 손으로 죽여. 그럼 여자는 살려주마. 시간이 얼마 남지 않았을 거야. 빨리 선택해야지. 응?"

선택이라.

선택할 것도 없다. 생각할 가치도 없는 말이다. 천화를 살리려면 다른 인도자를 죽여라? 아무리 천화를 살리고 싶다고 한들 오버로드와 거래를 할 정도로 다테는 어리석지 않다. 만약 유카림이 천화를 살려줄 생각이 없다면 방법은 한가지다.

녀석을 죽여본다.

죽고 싶을 때까지 패고, 또 패서 천화의 저주를 풀게 만드는 방법도 있고, 또 유카림을 죽이면 저주가 그냥 풀릴 수도 있다.

다테는 홍색 담배를 꺼내 들었다.

"이야기해줄 생각이 없다면. 죽이는 수밖에."

홍색 담배.

담배 연기를 들이마신 다테의 눈동자가 붉은색으로 변했다.

청색 담배가 단순히 신체를 강화시켜주는 담배라면 홍색 담배는 인간을 진화시키는 담배라고 할 수 있었다. 신체능력은 물론이고, 정신적으로도 한 단계 위의 생명체가 되는 것이었다.

다테의 눈에 보인 세상은 점점 더 느려지고 있었다.

유카림이 말을 하는 순간 그의 입에서 침이 튀어나오는 것까지 정확하게 보였다. 다테는 홀로 시간을 역행하듯 유카림의 앞으로 달려갔다.

'화(火)'

두 주먹이 화의 기운을 품고 유카림의 가슴을 쳤다. 유카림의 몸이 작용에 의해 날아가기 전에 다테의 주먹이 수십 번은 더 유카림을 가격했다. 마치 충격이 단숨에 전달

된 듯 유카림은 불에 타며 저 멀리 날아갔다.

"카악!"

유카림은 단말마를 지르며 날아갔다. 그의 로브가 다 타서 사라지고 있었다. 앙상한 유카림의 몸이 한눈에 들어왔다.

그리고 그의 코어.

검은 혈석도.

오른손에 아주 작게 박혀 있는 혈석을 각성상태의 다테는 놓치지 않았다. 다테는 곧바로 흑의 기운을 손에 담았다.

'심연의 아귀.'

심연의 아귀는 유카림의 오른손을 향해 거침없이 나아갔다. 그리고 순식간에 유카림의 팔을 잡아먹었다.

그와 동시에 홍색 담배의 효과가 사라지기 시작했다. 신체뿐만이 아니라 정신까지 진화시키는 홍색 담배의 부작용은 엄청났다. 다테의 머릿속이 순간적으로 하얘지면서 움직일 수조차 없었다.

그러나 상황은 끝났을 것이다.

검은 혈석은 오버로드에게 있어 양날의 검이나 다름없다. 검은 혈석만 남아있으면 오버로드는 그 어떤 공격에도 살아남을 수 있지만 반대로 검은 혈석이 부서지면 단

한 방에도 죽는 것이 오버로드다.

'이겼다. 천화한테 가야.'

다테는 천화의 저주가 풀렸는지를 확인하고 싶었다. 그러나 몸이 움직여지지 않는다.

그때 그런 그에게 누군가가 걸어왔다. 다테는 고개를 들어 자신의 앞에 선 남자를 쳐다봤다.

큰 키에 앙상한 얼굴.

유카림이다.

다테는 당황했다. 분명히 검은 혈석은 박살 났다. 그런데 왜 이자는 아직까지 살아있는가.

다테의 표정을 가만히 보고 있던 유카림이 웃기 시작했다.

"크크크. 움직일 수가 없는가? 하긴 그렇게 움직였는데. 또 움직이면 좀 그렇지."

"어떻게 살아있지?"

"아, 이거?"

유카림은 날아간 팔을 흘깃 보고는 다시 웃기 시작했다.

"그래, 그래. 이건 쉽게 재생이 안 되지. 덕분에 난 몇 년을 팔 병신으로 살아야 한다고."

유카림은 다테의 얼굴을 걷어찼다. 다테는 쓰러지고나

서도 유카림을 노려봤다. 도대체 왜 죽지 않은 것인가. 오버로드에게 다른 비밀이라도 있는 걸까. 그렇게 생각을 하던 다테의 눈에 반짝이는 무언가가 들어왔다.

왼쪽 손등.

그곳에 검은 혈석이 하나 더 박혀 있었다.

유카림은 다테가 자신의 검은 혈석을 보고 있다는 사실을 알아차리고는 잘 볼 수 있게 다테의 얼굴 앞으로 가져가 보였다.

"잘 봤네. 나는 이게 하나 더 있거든. 왜, 심장이 두 개면 안 되나?"

유카림은 계속해서 다테를 걷어찼다. 자신의 목숨 하나를 앗아간 그를 편하게 보내줄 생각은 없었다. 조금 더 괴롭게, 몸도 마음도 만신창이로 만들어 저승을 보내줄 생각이다. 유카림은 다테와 눈을 맞추며 말을 이어갔다.

"좋은 거 하나 말해주지. 그 저주 말이야. 네 동료에게 내가 걸은 그 저주. 그거 날 죽이면 풀려."

다테의 눈이 빛났다.

유카림은 다테를 농락하고 있었다. 다테에게는 자신을 공격할 수 있는 힘도, 능력도 남아있지 않다고 유카림은 확신했다. 다테는 이미 탈진한 상태였으며 생각조차도 제대로 할 수 없는 실정이었다.

유카림은 공중에 동그라미를 그렸다.

"자, 이걸 봐라."

동그라미 안에는 천화의 얼굴이 나타났다. 점점 목이 조여오는지 얼굴이 하얗게 질려있었지만 아무 소리도 안 하고 가만히 눈을 감고 있었다. 그 모습에 멍했던 정신이 돌아왔다.

"자, 봐봐. 이제 한 3분? 2분? 남았나?"

이미 천화는 숨을 쉬는 것조차 거의 불가능할 지경이었다. 밧줄이 목을 조르는 고통에 기절하지 않은 것만 해도 다행이었다.

다테는 결정을 해야 했다.

삼색 담배는 세 가지의 색깔을 가지고 있다.

신체를 강화시켜주는 청색.

사용자를 진화시켜주는 홍색.

그리고 마지막으로 존재를 태우는 흑색.

다테가 지금까지 원을 그 누구에게도 말하지 않은 것은 바로 흑색의 존재 때문이었다.

흑색은 존재를 태운다.

다테라는 한 인간의 존재를 태워서 그에 해당하는 힘을 얻게 되는 것이다. 그리고 그 부작용은 존재의 소멸이었다.

존재의 소멸.

다테라는 인물의 죽음이 아니었다. 애초에 존재 자체가 없었던 것으로 돌아가는 것이다. 천화도, 혼도 다테를 기억하지 못하게 된다. 단 한 번 사용할 수 있는 최강의 필살기. 다테는 천화의 얼굴을 가만히 보다가 중얼거렸다.

"흑색 담배."

그것이 손가락에 끼워졌다. 유카림은 낄낄거리며 고통에 신음하고 있는 천화를 보고 있었다.

다테는 고민하지 않았다.

고민했었던 적이 있었다. 살아남기 위해서. 동생의 고통을 뒤로하고 자신만이 살아남았던 세월이 있다. 그 세월은 후회와 자학으로 꽉 찬 시간이었다. 그 상황에서 한 줄기 빛을 만났고, 살아왔다.

또다시 그전으로 돌아가고 싶지는 않다.

다테는 담배를 입에 물고 한 모금 깊게 빨았다. 정신이 맑아지는 느낌이었다.

다테는 빠르게 움직여 유카림의 왼손을 잡았다. 유카림은 화들짝 놀라며 다테를 쳐다봤다. 다테의 눈동자가 남김없이 전부 검은색으로 물들어 있었다. 다테는 미소를 짓고는 말했다.

"좋은 정보 고맙다. 망설임 없이 널 죽일 수 있게 해줘서."

유카림은 벗어나기 위해 능력을 사용했다. 다른 차원으로 이동해버리면 다테가 자신을 잡을 방법은 없었다. 그러나 다테는 단숨에 유카림의 손을 뭉갰다.

"안 돼!"

유카림이 외쳤다.

그러나 그의 손은 맥없이 터졌다. 다테는 다리부터 사라져가는 유카림을 내려다보며 일어났다.

"거기서 수가 하나 더 있었다니."

홍색 담배를 핀 다테는 그 누구보다 강력했다. 고작 10초 정도밖에 안 되는 짧은 순간이었지만 그는 어떤 누구보다 강했다. 그만큼 부작용도 심했기 때문에 남은 한 수가 더 있으리라고 예상치 못했다.

"그 능력의 부작용도 엄청나겠구나."

"알 필요 없잖아."

다테는 눈을 돌려 다른 오버로드들을 보았다. 아직 흑색 담배의 효과는 많이 남아있었다. 다테는 사라져 가는 유카림을 뒤로 하고 사라졌다.

안텐은 혀를 길게 내뱉으며 호바스를 공격했다.

호바스는 안텐의 공격을 여유롭게 피했다. 이미 안텐의 능력은 전부 호바스가 복사한 상태였다. 안텐의 공격패턴이나 기술들은 이미 전부 호바스의 머릿속에 있는 것은 물론이고 신체적 능력도 똑같은 수준으로 올라와 있었다.

"으으으!"

안텐이 이를 악물며 외쳤다.

"뭐야! 왜 다 피하는 건데!"

"내가 더 잘났다는 증거 아니겠냐?"

호바스가 팔을 활짝 펴며 도발했다.

안텐은 이해할 수가 없었다. 마치 호바스는 자신의 머릿속을 들여다본 것처럼 모든 공격을 완벽하게 피하고 있었다.

오버로드는 언제나 워커보다 위에 존재하는 존재였다. 아니, 존재여야만 한다. 그것이 오버로드의 자긍심이었다. 워커, 설령 그자가 인도자라 하더라도 일대일을 해서 진다는 것은 4성 오버로드로서 용납할 수 없는 일이었다.

죽음의 인도자도, 분쟁의 인도자도 다 죽여야 한다. 자신이 고전했다는 사실조차 없애야 한다.

"워커는 내 발밑에 깔겠다."

"뭐래?'

호바스는 귀를 후비고 있었다.

"으아아아아아아! 짜증나! 너희는 벌레라고. 밟으면 꿈 틀거릴 뿐인 벌레! 그냥 터져 죽으라고!"

안텐은 괴성을 지르며 온 힘을 끌어모았다. 그러자 그녀의 등에서 나무뿌리와 같은 것이 솟아 나오기 시작했다. 갈색 나무뿌리는 점점 창의 형태를 만들어갔다. 안텐은 그것을 뽑아들고는 의기양양하게 말했다.

"이제 안 봐줘. 기대하라고."

호바스는 감탄하며 그 광경을 보다가 박수쳤다.

"그게 네가 말하는 자연의 창인가?"

"뭐?"

"왜, 나도 만들 수 있거든."

호바스는 안텐이 했던 것과 자연의 창을 만들었다. 등에서 나무뿌리를 생성해 오른손으로 가져오는 것까지 마치 복사한 것처럼 똑같았다. 안텐의 동공이 튀어나올 정도로 확장되었다.

"뭐야? 너도 오버로드야?"

"뭔 소리야? 말했잖아. 네가 할 수 있는 건 나도 다 한다고."

"그럼 워커야?"

"워커다. 그것도 인도자지."

창을 잡은 안텐의 손이 부들부들 떨렸다.

망할 워커가 자신의 능력을 따라 하고 있다. 호바스는 언제나 위에 존재해야 하는 자신을 하찮게 보고 있었다.

"그리고 말이야."

호바스는 주머니에서 전신의 계약서를 꺼냈다.

"난 이런 것도 있어서 말이야."

호바스는 혼이 말해준 대로 손가락으로 계약서에 사인했다.

그러자 지금까지는 느껴보지 못했던 힘이 단전에서부터 올라왔다. 마치 몸 안에서 빅뱅이 일어난것처럼 힘이 전신으로 전달되었다. 호바스는 그 짜릿함을 만끽하며 미소를 지었다.

"이야, 이런 게 있으면 진작 말을 하지."

호바스는 자연의 창을 빙글 돌리고는 안텐에게로 직진했다.

찰나의 순간.

호바스가 들고 있던 자연의 창이 안텐의 가슴을 꿰뚫었다.

지금까지는 안텐과 호바스의 능력치는 완전히 동급이
었다. 경험면에서는 안텐이 살짝 앞선다고 할 수 있었지
만 호바스는 천재적인 센스로 점점 안텐을 따라가고 있는
상황이었다.

그러나 이제 역전되었다.

호바스의 신체적 능력은 안텐을 넘어섰다.

안텐은 자신의 가슴을 꿰뚫은 자연의 창을 보며 고개를
갸웃했다.

"뭐야? 어떻게 이렇게……."

"뭐긴 뭐야? 벌레한테 먹히는 날이지."

호바스가 안텐의 가슴에서 창을 뽑았다.

❖

혼은 스네일을 상대하고 있었다.

오아시스는 모두가 힘을 합쳐서 오버로드에 대항하고
있었다. 나인이 지휘하고 쿠엘라가 앞장섰다.

특히나 쿠엘라는 정말 맛이 간 여자처럼 여기저기를 뛰
어다니며 싸웠다. 그렇게 자신의 잘못을 만회하려는 듯싶
었지만 이미 상황은 점점 극한으로 치닫고 있었다.

이대로 가면 전멸이다.

혼은 앞에 있는 스네일을 보며 인상 썼다.

스네일은 껍질에 들어가 있었다. 마치 소라껍데기와 같았다. 껍질에서는 계속해서 가시 같은 것이 날라와 혼의 급소를 노렸다. 혼은 어떻게든 가시를 뚫고 들어가 소라껍데기를 공격했다.

사신의 힘을 사용하면 깰 수 있을 것도 같았지만 스네일에게 집중을 하기에는 주변에 오버로드들이 너무 많았다. 다행히 안텐은 잠잠했지만 그렇다 하더라도 주변을 신경 쓰지 않을 수는 없었다.

그때였다.

중앙에서 날뛰던 도마뱀 형태의 오버로드가 가루가 되어 사라졌다. 그것을 시작으로 순식간에 수많은 오버로드들이 정리되기 시작했다.

스네일까지 놀란 듯 껍질에서 빠져나왔다. 순식간에 오버로드들이 사라지고 있다.

하나하나, 전부 다 가루가 되어 흩날린다.

"이게 무슨 일이야?"

냉정하던 스네일 또한 당황해 아무 말도 할 수 없었다. 이런 일은 처음이다. 현재 오아시스에 있는 오버로드의 숫자는 족히 스물이 넘는다. 그런 오버로드가 하나, 둘씩 저항도 못 하고 사라지고 있다.

"무슨 일이냐고!"

스네일의 외침과 함께 혼과 스네일 사이에 한 남자가 도착했다. 남자는 스네일을 등지고 혼을 쳐다보고 있었다.

"다테?"

다테는 미소를 짓고 있다.

"아따, 정신없이 죽이다 보니까 마지막으로 온 곳이 여기네."

다테는 머리를 긁적였다.

"천화보고 싶었는데 말이야. 뭐 됐어."

스네일은 다테를 보자마자 상황을 빠르게 파악했다.

전멸이다. 인정하기는 싫지만 완벽한 패배였다. 인도자들에게 오버로드가 져버린 것이다. 스네일은 자신이라도 살아남아 이 상황을 보고해야 한다고 생각했다. 스네일은 곧장 바닥을 주먹으로 내리쳤다.

자신이라도 살아나가야 한다. 오버로드들을 말살시키고 온 저 남자가 자신을 향해 달려든다면 생존을 보장할 수 없었다.

스네일은 바닥에 굴을 뚫고 들어갔다.

혼은 스네일이 도망치는 것을 보았지만 뒤를 쫓지는 않았다. 그보다 다테의 상황이 더욱 긴박해 보였다.

"뭔 일이 있구나."

혼은 다테에게 말했다. 다테는 심상치 않았다. 안절부절못하고 있었고, 얼굴에는 아쉬움이 가득했다. 뭐라고 하고 싶은 말은 가득한데, 그 말이 너무 많아서 시작을 못 하는 듯한 느낌.

사람들은 한 상황에서 그러한 모습을 보인다.

작별.

다테는 머릿속으로 말을 고르고 고르다가 한 마디 했다.

"하……. 너는 천화랑 꼭 살아 나가라."

책이나 많이 읽어놓을 걸 그랬다. 정작 중요한 순간에 모자란 어휘능력이 완전히 들통 나버렸다. 어차피 기억도 못 할 테니 상관없었다. 아쉽긴 하지만 차라리 그편이 더 나은 것만 같았다.

천화가 슬퍼할 일은 없겠구나.

다테는 그렇게 생각하며 미소를 지었다.

다테의 몸에서 검은 연기가 나기 시작했고, 순식간에 다테의 몸은 연기가 되어 날아갔다. 혼은 그 광경을 가만히 쳐다볼 뿐이었다.

"여."

그렇게 멍하게 서 있는 혼에게 호바스가 손을 흔들며 다가왔다.

"보니까 자주 풀렸던데? 네가 죽였어?"

"뭐?"

혼이 인상을 쓰며 말했다.

"왜, 그 화합녀. 걔 저주 풀렸다고."

"정말인가?"

"그래, 곧 올 거다. 그것보다 이거 봐."

호바스는 손에 들고 있던 줄을 보여줬다. 검은색의 가죽으로 된 줄. 그것은 호바스의 뒤로 연결되어 있었다.

"야, 나와. 뭐해?"

호바스의 명령이 떨어지자 초록 머리의 소녀가 목줄을 한 채 네발로 기어 나왔다. 호바스는 의기양양하게 미소를 지으며 혼에게 말했다.

"어때? 대박이지?"

혼은 소녀를 알고 있었다.

4성 오버로드. 안텐. 예전에 프레야코에서 천화와 싸우고, 혼의 앞을 가로막았었던 바로 그 소녀.

"이겼나 보군."

"그렇지."

"크으으윽!"

안텐이 고개를 푹 숙이고 울부짖었다.

"아, 짖지 마. 그래도 동료라고. 내 동료. 주인님 동료 말이에요."

호바스는 안텐과 눈높이를 맞춘 뒤 그녀의 턱을 툭툭 쳤다. 그런 호바스의 뒤로 나인과 니나, 쿠엘라, 그리고 천화가 달려왔다. 나인은 오버로드가 전부 정리된 것을 믿을 수 없다는 듯이 돌아보았다.

"무슨 일이 있던 겁니까?"

나인이 물었다.

"모르겠군."

혼은 고개를 절래 흔들었다. 정신을 차리고 보니 오버로드가 다 사라졌고, 스네일마저 도망친 뒤였다. 어떻게 된 일인지 알 길이 없었다.

그런데 그때 천화가 말했다.

"그런데요."

모두의 시선이 천화에게로 쏠렸다. 천화는 다시 한 번 주변을 둘러보다 멋쩍게 웃으며 말했다.

"저, 다테씨는?"

"다테?"

"네, 다테씨는 어디 있어요?"

천화의 질문에 모두가 눈빛을 교환했다. 천화는 멀뚱멀뚱 사람들을 쳐다보다가 고개를 갸웃하며 말했다.

"아, 아직 안 돌아왔나요?"

"아니, 잠깐만 천화야."

혼이 앞으로 나서며 말했다.

"다테가 누군데? '

"에?"

천화는 잠시 멍해졌다.

지금 혼이 장난을 치는 것일까? 다테가 누구냐니 적어도 1년 가까이 같이 생활하지 않았나. 장난이라고 하기에는 너무 진지했다. 천화는 그럼에도 혼이 농담하고 있다고 생각했다. 이런 짓궂은 농담을 가끔 하던 사람 아니던가.

하지만 혼의 기억에 다테는 없다.

존재가 지워진다는 것.

그것은 이 세계의 그 사람의 흔적이 지워진다는 것이다. 당연히 기억이 남아있으면 존재가 지워진 것이 아니다.

그러나 천화는 어떻게 기억하는 것일까.

천화의 절대 기억은 모든 것을 저장한다. 그리고 또한 삭제할 수 없다. 애초에 고장 난 컴퓨터처럼 잘못 만들어진 뇌인 것이다. 그녀의 뇌에는 삭제라는 기능이 애초에 탑재되어 있지 않다.

그렇기 때문에 혼과 나머지 사람들의 뇌에서 다테는

말끔하게 삭제되어 사라졌지만 그 기능이 없는 천화에게
는 남아있는 것이었다.

천화는 혼이 대답을 하지 않자 다시 말했다.

"에이, 그러지 마시고요. 다테씨는요?"

"그러니까 다테가 누군데? 뭐 나 모르는 사람 있었어?"

호바스가 어깨를 으쓱하며 말했다.

천화는 그런 호바스를 가만히 쳐다봤다. 그리고 니나에
게로 고개를 돌렸다. 니나도 영문을 알 수 없다는 듯이 천
화를 가만히 쳐다볼 뿐이었다.

"아니, 왜 턱수염 있고. 담배 피우고. 그런 사람 있었잖
아요. 기억 안 나요?"

혼은 심각한 얼굴로 천화를 쳐다봤다.

천화의 말대로 다테라는 인간이 있었다면 왜 자신은 기
억하지 못하는가. 천화는 금방이라도 눈물을 터트릴 것처
럼 보였다. 천화는 잠시 생각하다가 목을 만졌다. 이제 진
짜로 죽는구나 생각하는 순간, 목을 감고 있던 저주가 사
라졌다.

"저주. 저한테 걸렸던 저주. 그거 누가 푼 거예요? 네?"

"난 아니야. 난 이거 길들이고 있었다."

호바스는 안텐의 머리를 툭툭 치며 말했다.

"저희는 다른 오버로드들과 싸우고 있었습니다만."

나인과 쿠엘라가 고개를 끄덕였다. 그리고 니나는 천화의 옆에 계속해서 붙어있었다. 천화는 자연스럽게 혼을 쳐다봤다. 이제 남은 사람은 그뿐이었다. 혼은 고개를 절래 흔들었다.

"나도 아니다."

"그렇죠. 그러면 이 저주를 푼 사람이 다테씨예요. 기억해봐요."

천화는 마지막 희망의 끈을 잡은 듯 흥분해서 말했다. 다테가 저주를 풀어준 것이다. 그 오버로드를 잡아 죽인 것이다.

"유카림. 유카림이라고 했잖아요. 그 오버로드. 그 오버로드가 죽은 거예요. 그걸 죽인 사람이 있을 거 아니에요. 네?"

모두가 고민에 빠졌지만 역시나 나오는 답은 없었다.

"그러고 보면 유카림은 누가 죽인 거야?"

니나도 알 수 없다는 듯이 말했다.

현실이었다. 그 어떤 방법으로도 모두의 기억에서 다테를 끄집어내는 것은 불가능했다. 천화는 멍하니 혼을 쳐다보고 있다가 그의 손을 부여잡았다.

"혼씨, 어떻게 된거예요?"

"모르겠다. 그러나 미안하다. 기억이 나지 않아."

"잠깐만요."

천화는 머리를 부여잡고 뒤로 물러났다.

정리할 시간이 필요하다. 현 상황을 받아들이기 위한 시간이 필요하다. 다테의 기억이 모두에게서 사라졌다. 그것은 그의 능력이든가, 아니면 오버로드의 능력일 것이다. 그러나 이미 모든 오버로드는 제압되었다.

다테는 유카림과 싸웠을 것이다. 그리고 거기서 뭔가 능력을 사용해 그를 이겼을 것이다. 그 증거로 천화는 죽다 살아났다.

그리고 오버로드를 전부 죽인 것도 다테일 것이다. 모두가 오버로드가 왜 죽었는지 기억하지 못 하는 부분에서 그것을 추측할 수 있다.

천화는 가만히 그렇게 생각하다가 결론을 내렸다.

다테는 자신을 희생하는 능력을 사용했을 것이다. 그것이 뭔지는 몰라도 말이다.

그런데, 그럼 너무하지 않나.

사라지는 건 그렇다 치더라도 기억에서마저 사라지는 건 너무하지 않나. 인간이 죽어서 남는 게 뭐라고 기억까지 가져간단 말인가. 천화는 주저앉았다.

타르티스가 그녀의 속에서 나와 천화를 끌어안았다. 생각과 감정을 공유하는 타르티스에게는 천화의 감정이

오롯이 전달되었다.

"인도자님."

천화는 조용히 땅만 바라보고 있었다.

혼은 그것을 보다가 한숨을 쉬며 쿠엘라를 쳐다봤다. 시선을 느낀 쿠엘라가 혼과 눈을 마주봤다.

혼의 시선에는 살기가 들어있었다.

지금 무슨 상황인지 솔직하게 이해가 되지 않는다. 그러나 천화의 반응으로 보았을 때 다테라는 남자는 소중한 녀석이었을 것이다. 그가 누군지, 어떻게 생겼는지, 어떤 행동을 했는지는 기억이 나지 않지만 분명 친하게 지내던 녀석일 것이다.

변수는 쿠엘라가 만들었다.

쿠엘라가 아니었다면 그 얼굴도 모르는 녀석은 옆에서 웃으면서 서 있을 수도 있다는 생각이 들었다.

혼의 살기에 겁을 먹은 쿠엘라가 한걸음 뒤로 물러섰다.

"미, 미안합니다."

쿠엘라는 애써 용기 내어 말했다. 말로만 끝날 일이 아니라는 것을 알지만 그렇게밖에 할 수 없었다.

혼은 쿠엘라를 죽이지 않았다.

그녀는 나인의 친구다. 나인은 꼭 영입해야 하는 인도자다. 그래서 죽이지 않겠다. 아니, 죽이지 않아야 한다.

혼은 몸을 돌리며 한숨을 쉬었다.

"나 먼저 이 망할 도시를 나가겠다. 진정되면 따라와라. 그리고 나인. 그 여자는 두고 와라."

혼은 마지막으로 나인과 쿠엘라를 돌아봤다.

"그 여자를 지키고 싶으면 말이야."

그렇게 혼은 앞으로 걸어나갔다.

NEO MODERN FANTASY STORY & ADVANTURE

메이즈
헌터

6

Maze Hunter

6

혼은 벽에 기대어 앉아있었다.

다테라.

혼은 기억력이 나쁜 편이 아니었다. 그럼에도 기억이 나지 않는다는 것은 뭔가 상식 밖의 일이 일어났다고 생각할 수밖에 없었다.

30분도 지나자 니나가 천화를 업고 혼 옆으로 다가왔다. 그 옆을 하양이가 보조했다. 호바스는 안텐을 길들이겠다며 여기저기 끌고 다니고 있었다.

"실신했다."

니나는 그렇게 말하며 천화를 눕혔다.

"그 뭐라고 했지? 다테였나? 그놈이 꽤 소중한 사람이었나 본데? 저렇게 울고. 너 가고 엄청 울더라."

"그랬겠지. 천화 성격에."

"그래서 누군지 진짜로 몰라."

"몰라."

혼은 가만히 하늘을 올려보았다.

"모르면 안 될 거 같은데. 모른다. 답답하네."

"뭐, 어쨌든 살아남았잖아. 이야, 이번에는 진짜 죽는 줄 알았다고. 그지? 아르마티아."

"그러니까요. 그리고 군주기도 하나도 없었고."

아르마티아가 고개만 빼꼼 내밀며 말했다. 군주기라는 것은 랜덤하게 떨어진다. 가지고 있지 않은 오버로드도 있고, 가지고 있는 오버로드도 있다는 것이다. 그러나 이상하게도 인도자가 다섯이 생긴 뒤로 군주기가 떨어지지 않는다.

"군주기가 왜 안 나오는 거지. 호바스."

"앙?"

호바스가 안텐에게 손을 가르치다가 고개를 돌렸다.

"그 여자한테 군주기가 왜 안 나오는지 좀 물어봐."

"그렇다네. 왜 안 나오냐?"

안텐은 입을 꾹 다물고 호바스를 노려봤다. 그런 걸 물어본다고 금방 답해줄까. 4성 오버로드로써 자존심이 있다.

"내가 말해줄……."

반항하려던 안텐의 동공에 생기가 사라졌다. 그리고는 자신이 아는 것을 줄줄 읊기 시작했다.

"카이저가 상대의 전력보강을 시켜줄 수는 없다며 군주기를 전부 빼갔다."

"그게 가능해?"

"카이저는 가능하다. 다만 오버로드는 조금 약해진다."

"그래, 알았다."

혼은 팔짱을 꼈다.

결국 전력은 전부 모았다는 뜻이 된다. 죽이 되든 밥이 되든 지금 이 전력으로 무언가를 해야 한다는 것이다. 5성 오버로드가 얼마나 강한지를 모르기 때문에 충분한 전력인지, 아닌지를 판단할 수는 없었지만 말이다.

"왔습니다."

그렇게 혼이 생각하고 있을 때 나인이 걸어왔다. 그는 씁쓸한 표정으로 천화를 힐끗 쳐다봤다.

"뭐라 할 말이 없습니다."

"네 잘못은 아니잖아. 그 여자 잘못이지."

혼은 자리에서 일어났다.

"자, 그럼 출발하자고. 언제 또 뭐가 들이닥칠지 모르잖아."

나인은 고개를 끄덕였다. 그리고는 지도를 펼쳤다. 미궁을 전부 보여주는 대형지도였다. 나인은 동쪽의 도시를 가리켰다.

"일단 이곳으로 이동할 것입니다. 카이저는 이 아래 쪽으로 있습니다. 정확한 위치는 알 수 없지만."

"뭐야? 우리가 찾아가는 거야?"

니나가 화들짝 놀라며 말했다. 호바스와 혼은 이미 알고 있었던 부분이었지만 니나에게는 금시초문이었다.

"나 안 가. 어차피 나 도움도 많이 안 되잖아. 그냥 두고가! 티아한테 갈래!"

"도움이 왜 안 돼. 가면 1초라도 벌어주겠지."

"1초라니?"

"왜, 너를 죽이는 데 1초는 걸리겠지."

니나가 사색이 되어 고개를 돌렸다.

"진짜 도망쳐야겠어."

"거긴 왜 가는 건데요?"

혼과 나인의 시선이 동시에 돌아갔다. 어느새 천화가 일어나 있었다.

"괜찮아?"

"거긴 왜 가는 거냐고요. 뭐를 위해서."

천화는 퉁퉁 부은 눈으로 또박또박 말했다. 나인은 잠시 혼의 눈치를 보다가 입을 열었다.

"신의 보옥을 찾으러 갑니다."

"그 소원을 들어준다는?"

"맞아요."

천화는 고개를 끄덕였다.

"그래요. 그러면 살릴 수 있겠네요."

천화는 그렇게 중얼거리더니 말을 이어갔다.

"당장 출발하죠."

❖

깎아진 절벽 끝. 한 남자가 서 있었다.

카이저.

검은 머리에 190은 넘는 큰 키. 왕족처럼 기품있는 분위기를 풍기는 남자. 누가 봐도 인간처럼 보이는 그 남자가 바로 5성급 오버로드였다. 카이저의 앞에는 스네일이 한쪽 무릎을 꿇고 앉아있었다.

"유카림은 죽었습니다. 안텐은 생사불명. 다른 병력도 전멸입니다."

"이야, 인도자 대단하네."

카이저는 진심으로 박수를 쳤다.

카이저는 인도자들이 5명 전부 나타난 경우는 본 적이 없다. 그러나 인도자들은 수도 없이 만나봤다. 대부분은 4성급 오버로드 하나로도 처리가 되었다. 설사 4성급 오버로드가 일대일에서 그들에게 지더라도 병력을 끌고 가면 쉽게 제압할 수 있었다.

그러나 이번에는 달랐다.

당한 4성만 3명. 나머지 오버로드도 수십 기가 당했다.

스네일도 도망쳐 왔을 뿐. 무슨 공을 세우고 돌아온 것은 아니었다. 카이저는 한 자리를 맴돌며 골똘히 생각했다.

"아직은 그렇게 크게 위험하지는 않아. 그렇지 스네일."

"그렇습니까?"

"그래. 이걸 봐라."

카이저는 절벽 끝을 가리켰다. 스네일은 자리에서 일어나 카이저의 옆으로 다가갔다.

그 앞에 펼쳐진 풍경,

그것은 스네일조차 본 적이 없는 일종의 공장이었다.

오버로드를 만들어내는 공장.

벽에는 거대한 마법진이 그려져 있었다. 마법진은 하나가 아니었다. 수십 개의 마법진이 하나의 생명체에 연결된 모양이었다.

그 생명체는 무지막지하게 거대했다.

그것은 마치 잠을 자는 듯이 보였다. 가만히 앉은 자세의 그것은 지금까지 미궁에서 본 생명체와는 완벽하게 다른 구조를 하고 있었다.

가장 눈에 띄는 점은 머리가 없었다. 아니, 정확히 말하자면 머리라고 부를 만한 곳이 있었다. 동그란 몸 바로 밑에는 마치 지네의 다리처럼 짧은 다리 수백 개가 돋아나 있었다. 만약 그것이 숨을 쉬기 위해 조금씩 부풀어 올랐다가 수축하기를 반복하지 않았다면 살아있는 생명체인지조차 알 수 없는 모양이었다.

"너는 처음 보겠지."

그 구(球)형의 생명체에 마법진이 연결되어 있었다. 마법진에서는 인간 형태의 생명체가 천천히 만들어지고 있었다. 아직 얼굴밖에 생성되지 않은 것도 있었고, 몸 전체가 생성되어 벽에서 튀어나오고 있는 것도 보였다.

카이저는 미소와 함께 말했다.

"저게 다 3성급 오버로드들과 같은 힘을 가지고 있다."

"그, 그렇습니까?"

오버로드를 만들고 있다.

쉽게 말하자면 지금 스네일이 보고 있는 것은 거대한 오버로드 생산 공장이었다. 스네일은 그 장관에 넋을 놓고 있다가 물었다.

"그럼 저것은……."

"저게 바로 엠프라도르. 또 다른 5성급 오버로드."

스네일은 숨을 죽이고 다시 시선을 엠프라도르로 옮겼다.

5성 오버로드.

미궁의 지배자. 그중 최강이라고 불리던 괴수형.

스네일이 본 그것은 괴수라고 하기에는 너무나도 얌전했고, 또 고요했다. 그러나 왠지 모르게 그것에게 다가가 볼 엄두가 나지 않았다.

절대적인 압박감.

엠프라도르는 그렇게 조용히 오버로드를 생산하고 있었다.

❖

"아, 난리네 난리야."

한 남자가 사과를 깨물며 신문을 응시하고 있었다. 깊은 숲 속, 세 사람은 불을 앞에 두고 빙 둘러 앉아있다.

신문을 보고 있는 남자의 이름은 루시오.

제노사이드의 리더이며 최초의 미궁에서는 최강자라는 소리를 듣던 남자였다. 루시오의 앞에는 작은 키의 엘리아와 흑인 헥터가 앉아있었다. 헥터와 엘리아는 구워지고 있는 물고기를 응시했다.

루시오는 집중하고 있는 두 사람을 보며 말했다.

"꼭 그렇게 구워야겠냐?"

물고기는 상점에서 샀다. 프라이팬에 가스버너까지 사서 구워 먹으면 되는 것을 꼭 장작불에 구워야 한다며 헥터와 엘리아가 고집을 부렸다.

엘리아는 비장한 얼굴로 말했다.

"먹어보고 싶었어. 왜 그 일본 애들 만화 보면 맛있어 보이잖아. 안 그래?"

"그러니까 말이야. 이게 바로 야영 스타일. Yeah."

헥터가 거들었다.

루시오는 한심하다는 듯이 두 사람을 쳐다보다가 다시 시선을 신문으로 옮겼다. 오아시스에서의 전투, 프레야코 전투, 그리고 브로크데일 전투. 모든 사건은 연결되어 있다는 것을 루시오는 간파했다.

게다가 요즘 오버로드의 등장빈도가 엄청나다. 7대 길드가 전부 오버로드와 전쟁을 선포하고 연합할 정도로 말이다.

미궁의 상태가 심상치 않다.

'같은 편이라고 할 수 있는 사람.'

루시오는 그렇게 생각하며 한 사람을 떠올렸다.

혼.

강하면서도 믿을 수 있는 합리적인 사람. 루시오는 그를 빠르게 만나야 한다고 생각했다. 제노사이드는 이 격변의 미궁에서 버티기에는 너무나도 전력이 약했다. 고작 3명으로 뭘 어떻게 할 수 있는 미궁이 아니었다.

"윽 내장! 써."

엘리아가 울상을 지으며 루시오에게 말했다.

한참 생각에 빠져있던 루시오가 현실로 돌아왔다. 엘리아와 헥터는 바닥에 침을 연달아 뱉고 있었다.

"아, 그러니까 구워 먹으라니까. 그리고 누가 살아있는 생선 사래? 손질된걸 사야지."

"싱싱한 게 맛있잖아! 루시오는 뭘 몰라."

"그래서 맛있냐?"

"아니, 맛없어."

엘리아가 고개를 절래 흔들었다.

"아마 죽은 건 더 맛없었을 거야. 그지 헥터."

"남자는 뭐든지 먹는다. 스웩!"

"토나 하지 마라."

루시오는 한숨을 내쉬었다.

이 두 바보를 데리고도 멀쩡하게 살아남을 수 있었던 것은 남들보다 우월한 무력 덕이었다.

지금은 우월하진 않다.

물론 엘리아의 무력은 상당하다. 그 어떤 워커를 상대로도 일대일은 지지 않을 것이다. 그러나 숫자에서 차이가 심각하다. 모든 대형 길드가 최소 트라이 마스터 10명은 보유하고 있다.

"혼을 빨리 찾아야겠네."

혼은 아마 살아있을 것이다. 그가 죽었다는 것은 상상할 수가 없었다. 루시오는 그렇게 목표를 새로 설정했다.

"단서, 단서, 혼의 단서."

그렇게 혼을 찾기 위한 단서를 위해 루시오는 다시 신문으로 눈을 돌렸다.

❖

"그럼 이동하겠습니다."

나인은 먼저 오아시스 길드 소유의 도시로 이동했다. 오아시스 길드의 최전방이라고도 할 수 있는 도시. 그 도시에 미궁인은 살고 있지 않았다. 황량한 도시. 앙상한 석제건물들이 고요하게 서 있었다.

마치 프리피아트와 같은 모습의 도시.

그 도시에는 오로지 워커들만이 살고 있었다. 언제든 다른 길드가 쳐들어올 수 있는 곳이라 사람들이 살기에는 너무 위험한 곳이었다. 게다가 오버로드의 침략도 잦다. 나인은 도시의 사람들을 전부 뒤쪽의 안전한 곳으로 이동시켰다.

나인은 도시 중앙에 서 있는 소나무 아래로 순간이동을 시전했다. 눈 깜빡할 사이에 도착했다. 혼은 먼저 지도를 펼쳐 제대로 왔는지를 확인했다.

순식간에 걸어서 2달은 걸릴 지역으로 이동했다. 혼은 나인이 말했던 안전지대로 완벽하게 이동한 것을 확인하며 지도를 창고에 넣었다.

"이거 쓸만하겠네."

오버로드와의 싸움은 시간의 싸움이라고도 할 수 있었다. 녀석들이 뭉치기 전에 이곳저곳을 쑤시고 다니면서 카이저에게 가야 한다. 정면으로 붙는 것은 말이 되지 않기 때문이다. 전력이 더 약할 때는 게릴라 작전이 최고고,

나인의 능력은 그 게릴라 작전을 안전하고 확실하게 수행할 수 있게끔 해주었다.

"나인 대장님. 오셨습니까."

검은 머리의 동남아시아인 남자가 달려왔다. 나인은 빙긋 웃으며 고개를 숙였다.

"릴로이 대장님. 별일 없으셨습니까?"

"다른 지역은 몰라도 이곳은 큰일 없었습니다만……."

릴로이의 시선이 호바스에게로 향했다. 정확히 말하면 호바스가 끌고 다니는 안텐에게 간 것이다.

"저, 저건 뭡니까?"

안텐은 언뜻 보면 인간처럼 보이기도 했다. 인간이든 오버로드든 개처럼 끌고 다닐 대상은 아니었다. 호바스는 빙긋 웃으며 대답했다.

"이건 내 애완 오버로드. 왜? 와서 만져볼래? 쓰다듬으면 좋아해."

"애완 오버로드?"

릴로이가 경악한 표정으로 상황을 설명해달라는 듯이 나인을 쳐다봤다. 나인은 웃음으로 얼버무렸다.

"그래요. 무슨 일이 있으면 알려주세요. 저는 회의실에 가 있겠습니다."

"알겠습니다."

나인은 바로 뒤로 돌아 앞장서서 걸어갔다.

회의실에 도착한 모두는 자리를 잡고 앉았다. 이제부터가 본방이었다. 인도자가 전부 모였기 때문에 오버로드도 어떻게 해서든 빠르게 승부를 보려고 할 것이다. 나인은 가장 먼저 입을 열었다.

"오버로드의 숫자는 매우 많습니다. 실제로 뉴스만 보더라도 7대 길드가 전부 오버로드 때문에 골머리를 앓고 있죠. 그 와중에 이렇게 인도자가 전부 모인 것만으로도 다행이라고 생각합니다."

"길게 말하지 말자."

혼이 나인의 말을 끊었다.

"현 상황에 대한 요약. 지금 우리가 취해야 할 행동. 그리고 너의 계획부터 말해라."

"그럼 원하시는 대로 짧게 말하죠. 오버로드는 아마 전쟁을 준비할 것입니다. 인도자를 비롯한 모든 워커를 적으로 삼겠죠. 그건 신문을 봐도 알 수 있습니다."

나인은 신문을 내밀었다.

그곳에는 길드와 오버로드들이 전투를 벌였다는 기사가 적혀있었다. 참가한 오버로드는 대부분이 3성급 인간형이었으며 그들과 전투한 모든 길드는 전멸에 가까운 피해를 입고 도망쳤다는 내용이었다.

"이게 이틀 전. 그리고 또 하나는 하루 전 신문입니다. 즉 저희가 오아시스에서 전투를 하기도 전부터 오버로드는 워커 사냥을 시작했습니다."

"이유는?"

"전력약화죠. 대부분의 인도자는 항상 강력한 길드를 형성하니까요. 그런 길드가 오버로드와 전쟁을 하기 위해 워커들을 모으기 전에 전부 죽이는 겁니다."

"그러면 먼저 모아야겠군."

"그렇습니다. 일단 전력을 한곳으로 모아야 합니다. 흩어져 있으면 다 죽는 거니까요. 다행이도 포사토이오와 네오니드는 아직 1면을 장식하지 않았습니다."

"이미 당했을 수도 있겠지."

혼이 말하자 호바스와 니나의 시선이 쏠렸다. 혼은 어깨를 으쓱하며 말했다.

"프레야코에서 살아남았는지도 불분명하잖아?"

"뭐, 그건 사실이지. 하지만 프레야코에 있는 사람들이 우리의 전 병력은 아니었지만."

"티아는 살아있거든!"

니나가 버럭 외치며 말했다.

"나는 티아가 죽으면 확인할 수 있어!"

군주기 소울메이트.

니나는 그 보석을 보여주며 말했다. 확실히 티아도 그것으로 니나의 생사를 확인할 수 있다고 했다. 혼은 고개를 끄덕였다. 포사토이오는 티아만 살아있다면 전력을 그대로 보존하고 있는 거나 다름없었다.

무엇보다 티아는 일인 군대니까.

"그런데 말이야. 그들에게 어떻게 정보를 전하지? 네가 말했듯이 너의 능력은 네가 미리 지정한 장소로 이동하는 것일 텐데."

나인은 고개를 끄덕였다.

"그러나 저는 만남의 인도자입니다. 아이린."

나인의 말에 아이린이 튀어나왔다.

"안녕하십니까. 인도자님들."

아이린은 나오자마자 안경을 고쳐 썼다.

―아, 저 언니 싫어.―

리첼리아가 중얼거렸다.

"넌 좋아하는 천사가 있냐?"

―아르마티아는 좋아해요. 데리고 놀기 좋거든요. 근데 저 아이린 언니는 완~전 지루한 스타일.―

"오호, 아이린 오랜만인데?"

속으로 말하고 있는 리첼리아와는 달리 타르티스와 제피스차는 밖으로 나와 인사를 건넸다. 아이린은 고개를 살짝 숙이는 것으로 인사한 뒤 말을 이어갔다.

"지금부터 만나고 싶은 분의 성함을 알려주시길 바랍니다. 한 명과 5분 동안 대화를 나눌 수 있습니다. 한번 능력을 사용하고 나면 거리에 따라 며칠은 대화할 수 없으니 신중하게 생각해주시길 바랍니다."

"만남을 주도할 수 있는 건가?"

혼의 질문에 나인은 고개를 끄덕였다.

"그렇습니다. 만남의 인도자니까요. 한 가지만 확실하게 설득해주면 됩니다. 오버로드와 싸우기 위해 이곳 '오르곤 출루'로 모여달라고 말입니다. 준비되면 말해주세요."

호바스는 머리를 긁적였다.

양이가 호바스를 설득한 적은 많아도 호바스가 설득한 적은 없었다. 게다가 양이는 혼을 별로 좋아하지 않는다. 아니, 증오하지 않으면 다행이다. 그런 양이에게 혼이 원하는 시나리오가 있으니 네가 조연을 좀 맡아줘야겠다고 말한다면?

거절할 게 뻔하다.

"아, 설득은 양이가 잘하는 데 말이야. 게다가 그놈은 너를 겁나 싫어한다고. 혼."

"그럼 내가 죽었다고 거짓말이라도 해라."

"참, 그거 좋은 생각이네. 모으기만 하면 되니까."

호바스는 피식 웃고는 자리에서 일어났다.

"하지만 난 거짓말은 별로 안 좋아하거든. 승부는 정정당당하게. 갔다 오지."

호바스는 옆에 있는 안텐의 머리에서 손을 올렸다.

"자, 주인님 올 때까지 이 자리에서 죽을 때까지 기다리는 거다. 알았지?"

안텐은 이를 악물고 고개를 끄덕였다. 만족한 듯한 미소를 지은 호바스가 아이린에게 말했다.

"양이, 현 네오니드 대장."

"알겠습니다."

아이린이 호바스의 머리에서 손을 올렸다.

"야, 어떤 여자도 내 머리에……."

호바스의 말이 끝나기도 전에 눈을 감고 주저앉았다.

❖

눈을 뜬 호바스의 앞에는 양이가 앉아있었다. 양이는 인상을 쓰고 있다. 그리고는 눈을 올려 흔들리는 백열전구를 바라봤다. 회색 벽으로 둘러싸인 1평 남짓한 공간. 마치 취조실과 같은 분위기,

"그러니까, 만남의 인도자가 우리 둘을 만나게 해 준 거다. 그거지? 호바스."

양이는 상황을 알고 있었다. 호바스는 어깨를 으쓱하며 말했다.

"뭐야, 설명 안 해도 되겠네."

"그 왜 깐깐해 보이는 여자 말이야. 그 여자가 이미 설명해줬다."

"아, 그 만남의 천사 말이군."

"아이린이라고 합니다."

아이린이 대뜸 나타나며 말했다.

"지금부터 5분의 시간을 드리겠습니다. 그럼."

아이린은 자기 할 말만 하고 사라졌다. 천장에 매달린 백열전구가 삐걱거리며 움직이는 소리만이 방 안을 채웠다.

"잘 여행하고 있나 보는군. 만남의 인도자까지 만난 걸 보면."

"그럼 너는 어떻게 사나?"

"프레야코에서 쫓겨나서 그 근처 도시에 대기 중이지. 그래서 우리 얼간이 전 대장님은 뭐 하고 사셨나?"

"이것저것. 아 오버로드도 길들였어. 4성짜리도 길들였다. 데리고 와서 보여줄 걸 그랬네."

"하아."

양이가 한숨을 쉬며 고개를 절래 흔들었다. 자기가 아는 호바스라면 그럴 것이다. 오버로드를 그냥 죽이면 호바스가 아니다. 그런 녀석이 죽음의 인도자한테 져서 녀석이 원하는 대로 행동하는 꼴이라니.

"그래서 용건이 뭐냐. 만남의 인도자가 우리 잡담이나 하라고 능력을 사용하지는 않았을 텐데."

"전 병력을 데리고 오르곤 출루로 와라."

"뭐?"

"그게 용건이야. 전 병력을 데리고 오르곤 출루로 와라. 끝."

양이는 피식 웃었다. 지금 그걸 말이라고 하는가. 미궁에는 오버로드가 날뛰고 있다. 그건 신문으로도, 그리고 현장에서도 알 수 있는 사실이었다. 그리고 오르곤 출루라는 곳까지 도시가 몇 개인질 아는가. 왕국이야 그렇다 치더라도 다른 7대 길드의 안전지대는 어떻게 지나갈 것인가.

"그게 끝인가?"

"그래."

"다짜고짜?"

"아, 그건 아니야. 전쟁을 하자고. 오버로드와. 용건 끝."

양이는 너무나도 당당한 호바스의 태도에 피식 웃었다. 길드는 생각도 하지 않고 승부를 벌이다가 져서 죽음의 인도자의 개가 된 전 대장.

그가 어떻게 이리도 당당할까.

호바스는 어이가 없어 웃고 있는 양이를 보다가 말했다.

"5분 지나간다. 어찌할 거야."

"당연히 안가지!"

양이가 버럭 소리를 질렀다.

"지금 뭔 개소리를 하는 거야? 그래, 네오니드에는 50명이 넘는 트라이 마스터가 있지. 프레야코에서 10명이나 죽었지만 아직 남아는 있어. 그런데 가다가 몇 명이나 살아남을까?"

"반은 오겠지."

"쉽게 말하지 마. 이 자식아."

양이는 고개를 절레 흔들었다. 반도 운이 좋으면 반이다. 3성급 오버로드가 날뛰고 있다. 어디서 나타났는지는 모르겠지만 그 수는 워커보다 많으면 많았지 적은 것 같지는 않았다. 그리고 3성급 오버로드는 트라이 마스터보다 강하다.

"오르곤 출루인가? 거긴 얼마나 걸리는데?"

"지도상으로는 한 2달은 걸릴 거야."

"그럼 1/3도 못 살겠다."

"올 거야?"

"아니. 안 가. 네가 부탁해도 갈까 말까인데 이건 그 혼이라는 놈의 부탁일 거 아니야. 절대 못가지."

호바스는 미소를 지었다.

"그럴 줄 알았어. 그래서 말인데. 승부하자고."

호바스의 몸에서 제피스차가 나왔다. 양이는 인상을 찌푸렸다.

"이렇게까지 할 거야?"

호바스가 승부를 걸어오면 어떻게 할 방법이 없다. 그저 받아들이고 이기는 수밖에. 호바스는 양이를 똑바로 바라보며 고개를 끄덕였다.

"어. 이렇게 할 거다. 승부는 가위바위보다."

"뭐?"

예상외였다. 호바스는 보통 확실한 실력 승부를 좋아한다. 운이 끼어드는 게임은 선호하지 않는 수준이 아니라 한 번도 한 적이 없다. 그렇기 때문에 이런 중요한 사안에 가위바위보를 종목으로 꺼내는 것은 이상했다.

"내가 이기면 다 데리고 오르곤 출루로 와라. 끝이다."

"내가 이기면?"

"그건 네 맘대로 해."

호바스는 그렇게 말하고는 가위를 앞으로 내밀었다. 가위바위보를 시작하는 자세치고는 이상했다. 보통은 주먹을 쥐지 않던가.

양이는 미심쩍게 호바스의 가위를 쳐다봤다.

"난 가위 낼 거야."

"심리전이냐?"

양이는 주먹을 내밀었다.

"그럼 난 주먹을 내지."

"마음대로 해. 하지만 난 가위를 낼 거다. 제피스차. 룰 하나 추가다. 내가 가위 이외의 것을 내면 나의 패배다."

"뭐?"

양이가 어이가 없다는 듯이 호바스를 쳐다봤다.

대뜸 가위바위보로 승부하자면서 가위 이외의 것을 내면 자신의 패배라니. 양이는 호바스를 죽일 듯이 노려봤다.

"날 시험하는 거냐?"

호바스는 대답하지 않고 미소를 지을 뿐이었다.

이제 선택권을 준 것이다. 양이는 주먹을 불끈 쥐고 벌벌 떨었다. 호바스는 양이에게 모든 책임을 넘긴 것이다.

여기서 양이가 주먹을 내고 호바스를 이기면 네오니드는 전쟁에서 빠지게 된다.

그러나 그로 인해 호바스가 죽고, 인도자가 전멸하고, 오버로드가 워커들을 죽인다면 그것또한 양이 책임이 된다.

양이는 책임감이 넘치는 사람이었다. 호바스는 그런 양이의 성격을 꿰뚫은 것이다. 양이는 혼란스러워하고 있었다.

호바스는 그런 양이에게 시간을 주지 않았다.

"자, 안 내면 진 거 가위바위보!"

기습적인 호바스의 구령에 맞춰 양이가 허겁지겁 손을 내밀었다. 호바스는 양이가 내민 손을 보며 씩 웃었다.

"보자기 냈네?"

보자기를 낸 양이의 손이 부들부들 떨렸다.

갑작스러운 순간 양이의 본능은 호바스를 선택했다. 양이는 보자기를 자신의 얼굴 앞으로 가져와 한참을 노려보더니 한숨을 쉬었다. 호바스는 의기양양하게 일어나더니 양이에게 악수를 건넸다.

"어때? 승부의 세계는 재밌지? 쫄깃하잖아."

"미친 새끼. 나를 어떻게 믿고 그런 짓을 한 거지?"

양이가 호바스를 노려봤다. 호바스는 눈을 깜빡이며 양이를 쳐다보다가 낄낄거리며 웃었다.

"널 믿은 게 아니야. 날 믿은 거지."

"뭔 소리야 도대체?"

"네가 보자기를 낼 거라고 확신한 나를 믿은 거지. 내가 사람은 잘 보거든."

양이는 고개를 절래 흔들며 호바스의 손을 쳤다.

완벽하게 놀아났다. 이 자식은 처음부터 가위바위보를 생각하고 만나러 왔을 것이다. 이 모든 것이 호바스가 만든 시나리오대로 흘러가고 있는 것이다. 양이는 침을 퉤 하고 뱉었다.

"최대한 빨리 가보도록 하지. 도착해서 보자. 망할 놈아."

"어, 조심해서 와라."

"5분이 되었습니다."

아이린이 나타났다. 아이린은 아무 말 없이 호바스의 머리 위에 손을 올렸다. 호바스는 아이린을 노려보았다.

"나참, 이 여자가 계속 머리에 손을……."

"그럼 만남을 종료합니다."

호바스가 사라졌다. 양이는 삐걱거리는 백열전구를 한 번 응시했다가 고개를 흔들었다.

"좆나 짜증 나네."

＊

호바스가 눈을 떴다. 의자에 그대로 앉아 기다리고 있는 혼이 보였다. 천화의 자리는 비어 있었고 니나는 어떻게 설득해야 할지를 머리를 부여잡고 고민하고 있었다.

"성공이다."

"수고했다."

"이야, 반응 미적지근하네."

호바스는 한숨을 쉬며 똑바로 자세를 고쳤다.

"그보다 만남 언니 취향 완전히 독특하데. 만나는 곳이 취조실이야."

"하하하."

나인이 멋쩍게 머리를 긁적였다. 다음 차례는 니나였다. 니나는 아직도 티아를 어떻게 상대해야 할지 생각하고 있었다. 그런 니나를 위해 혼은 아까부터 종이에 무언가를 적고 있었다.

"니나. 이걸 가지고 가서 읽어라."

혼은 A4 정도 되는 크기의 종이에 니나가 해야 할 말을 적어 건넸다.

티아는 합리적이다. 그녀를 설득하는 것에 큰 힘을 들일 필요는 없다. 단순히 왜 오버로드와 싸우는 것이 좋은

지만 설명하면 된다. 티아는 감정보다 이성이 앞서는 사람이었기 때문에 가능한 일이었다.

'하지만 날 보면 이성을 잃겠지.'

이성을 우선시하는 것과 지키는 것은 완전히 다른 말이었다. 솔직히 혼은 티아 앞에 나가 좋은 말을 들을 자신이 없었다. 말발로는 전혀 딸리지 않겠지만 아마 티아는 흥분해 귀를 닫아버릴 것이다.

1시간 정도만 줘도 흥분을 누그러트리고 대화를 하겠지만 5분은 너무 짧다. 5분 동안 욕만 먹다가 끝날 가능성도 생각해야 한다.

그렇기 때문에 니나가 가야 했다.

포사토이오와 네오니드. 그리고 나인의 오아시스까지 합치면 트라이 마스터의 숫자는 100명이 넘는다. 충분히 오버로드와의 전쟁도 생각해볼 수 있게 된다. 니나는 혼이 준 종이를 쭉 읽어보더니 고개를 끄덕였다.

"알았어. 기대는 하지 말고."

"그때는 네가 그만큼 더 굴러야겠지."

"으……."

니나는 사시나무처럼 몸을 떨다가 아이린에게 말했다.

"티아 칸. 포사토이오의 대장."

아이린은 니나의 머리 위에 손을 올렸다.

그렇게 잠시, 니나는 엉덩이에 푹신한 감촉을 느끼며 눈을 떴다. 분명히 호바스가 취조실이라고 했는데 웬 공주님 방 같은 곳에 들어와 있었다. 앞에는 티아가 분홍색 티테이블 앞에 앉아 한숨을 쉬고 있었다.

"뭐야? 이건?"

티아는 주변을 두리번거렸다. 그때 아이린이 나타나 말했다.

"지금부터 5분의 시간을 드리겠습니다. 그럼."

아이린은 그렇게 떠나갔다. 티아는 당황한 듯 가만히 앉아있는 니나에게 말했다.

"뭐해? 만남의 인도자가 우리 대화하라고 부른 거 아니었어?"

"어? 어, 어. 그렇지. 맞아. 대화해야지."

니니는 머리를 긁적였다. 그리고는 주섬주섬 혼이 써준 종이를 쳐다봤다. 그리고는 다시 머릿속으로 혼이 적어준 논리를 되새김질한 뒤 말을 꺼냈다.

"그, 그러니까. 지금 오버로드가 모든 워커를 죽이려고 하는데. 지금이라도 인도자랑 같이 힘을 합쳐서 오버로드의 대장을 치면 좋을 거 같데. 일단은 오르곤 출루라는 곳에 모여서 말이야."

"좋을 거 같은데?"

티아가 다시 물었다. 니나는 고개를 끄덕이고는 가만히 멀뚱멀뚱 앉아있었다.

"그러니까, 네 생각이야? 아까 그 종이 내놔."

"어? 아, 알았어."

니나는 혼이 써준 종이를 그대로 건넸다. 티아는 잠시 글을 읽어보더니 종이를 찢었다. 니나는 그 광경을 놀란 듯이 쳐다봤다.

혼의 말에는 틀린 것이 하나도 없었다.

오버로드는 워커들을 전부 다 죽일 생각이라고 나인도 그랬다. 그러니까 모두가 힘을 모아야 한다. 간단한 만큼 반론의 여지가 없는 내용이었다. 그러나 티아는 그것을 보고 찢어버렸다.

"저, 저기 티아."

"그래서, 네 생각은 어떤데?"

티아가 턱을 괴며 말했다.

니나는 입을 다물었다.

자신의 생각? 솔직히 말해 아무 생각이 없었다. 그저 누가 시키는 대로 생존을 위해 최선을 다해왔다. 지금도 혼이 하라면 하고 하지 말라면 안 하는 인생이었다. 티아는 고민하는 니나를 노려보다 다시 말했다.

"니나야. 난 말이다. 그 혼이라는 새끼가 치가 떨리게 싫어."

"그, 그렇게 나쁜 사람은 아닐지도."

"하아."

티아는 한숨을 쉬었다.

"그래서 그 새끼가 하는 말은 안 들을 생각이야. 내가 목에 칼이 들어와도 말이지."

니나는 입만 벙긋거리고 있었다.

그러면 안 된다. 그렇게 되면 티아도 위험해지고 자신도 위험해진다. 아니, 모든 워커들이 죽을 수도 있다. 원래부터 이런 일에는 고집을 부리지 않던 티아였다. 그러나 지금은 달랐다. 지금은 상황을 전부 이해하고 있으면서도 어깃장을 놓고 있었다.

티아는 가만히 니나를 바라봤다.

"그럼 어떻게 하면 와줄 건데?"

"난 그 새끼의 부탁은 듣지 않겠다고 했어."

티아는 마지막으로 그 말을 하며 빙긋 웃었다.

혼의 말은 듣지 않겠다. 혼의 부탁은 무시하겠다는 것이다. 니나는 그제야 티야의 뜻을 알아차렸다.

"선택은 네가 해라. 니나."

"와 줘."

니나는 망설임 없이 말했다.

"내가 그놈의 생각대로 움직여 줬으면 좋겠다는 거야?"

"아니. 그건 아닌데."

니나는 입술을 깨물었다.

천화가 울던 모습이 생각났다. 조용히 혼자 바닥만을 보며 울던 천화의 모습이.

인도자로서 무엇인가를 해내야 한다는 생각이 처음으로 들었다. 만약 지금 오버로드를 막지 않으면 자신이 천화의 자리에서 눈물을 흘릴 수도 있다는 생각이 들었다. 그러기 위해서는 티아의 힘이 필요했다.

이기적인 생각일지 모른다. 티아가 혼을 싫어한다는 것을 누구보다 잘 아는 니나가 이런 부탁을 한다는 것 자체가 말이다.

그러나 니나는 생각을 마쳤다.

"날 위해서 움직여줘."

티아는 입을 삐죽 내밀며 등받이에 기댔다. 그리고는 무표정하게 한 마디를 내뱉었다.

"왜?"

"어?"

니나가 어벙하게 대답한 뒤 더듬거리며 말했다.

"치, 친구니까?"

"하하하하하하."

티아는 육성으로 웃더니 고개를 절래 흔들었다.

"그럼, 우리 예쁜 부대장이 도와달라면 가야지."

"진짜?!"

니나가 벌떡 일어나며 말했다. 티아는 고개를 끄덕였다. 그리고 그 순간 아이린이 나타났다.

"5분이 지났습니다. 그럼."

아이린은 곧바로 니나의 머리에 손을 올렸다. 티아는 급하게 일어나며 말했다.

"아, 그리고 그새끼한테는 이렇게 전해. 절대 너 때문에 움직이는 건 아니라고. 오케이?"

니나는 흥분해서 외치는 티아에게 미소를 보여주며 고개를 끄덕였다.

"응. 그렇게. 그럼 오르곤 출루에서."

그렇게 니나와 티아의 만남도 끝이 났다.

❖

"성공했어. 아 그리고 티아가 너 때문에 움직이는 건 아니래."

니나는 돌아오자마자 매섭게 혼을 노려보며 말했다.

혼은 어깨를 으쓱했다. 티아다운 말이었다. 어찌 됐든 그녀가 혼의 생각대로 움직여 주는 것은 사실이었다.

"어찌 됐든 오면 됐어. 정확히 장소는 말해줬지."

"어 말은 해줬어. 마지막에 다시 한 번 말했으니 알 거야."

"아, 그리고 취조실 아니던데?"

니나는 호바스에게 말했다. 그러자 아이린이 옆에서 끼어들며 말했다.

"센스가 없다고 하셔서 바꿔보았습니다."

"혼씨는 필요 없습니까?"

나인이 물었다. 혼은 잠시 생각했다. 만나서 도와달라고 할 친구? 그런 건 없었다. 이미 혼의 전력은 이곳에 전부 모여있는 셈이었으니까. 혼은 고개를 절래 흔들었다.

그런데 그 순간 한 인물이 떠올랐다. 이 미궁으로 확실하게 같이 온 아는 사람. 제노사이드의 루시오.

그또한 현 상황을 인지하고 있을 것이다. 루시오라면 지금 아마 어떻게든 살아남기 위해 대형길드를 들어가든가, 스스로 길드를 크게 만들어가고 있을 것이다. 혼은 아이린에게 직접 말했다.

"루시오. 제노사이드의 리더."

"알겠습니다. 잠시만요."

아이린은 혼의 머리 위에 손을 올렸다.

그리고 잠시, 이번에는 분홍색 방에 두 명의 남자가 들어와 있었다. 혼은 주변을 둘러보다가 한숨을 쉬었다.

'그 여자도 융통성이 없네.'

아마도 이곳은 니나와 티아가 대화를 나눴을 곳이리라.

혼의 앞에는 루시오가 앉아있었다. 루시오도 방을 한번 둘러보더니 피식 웃었다. 어안이 벙벙한 상황이었지만 이미 아이린이 대화를 잘 풀어나갈 수 있도록 전반적인 정보는 이미 루시오의 머릿속에 넣어놓은 상태였다.

루시오는 먼저 입을 열었다.

"반갑다. 만남의 인도자라니. 좋은 동료를 얻었군."

혼이 잘 나가고 있다는 것은 루시오에게도 큰 힘이었다. 어쨌든 루시오에게도 혼은 믿을 수 있는 사람이었기 때문이다.

"뭐. 인도자 다섯 명이 다 모여있기는 하지."

"전부?"

루시오가 물었다.

인도자가 5명 전부 등장했다는 것은 신문을 통해 알고 있었다. 그런데 그들이 전부 모였다니. 루시오는 잠시 생각하다 말했다.

"무슨 일이 벌어지고는 있군."

"긴말 않겠다. 오르곤 출루라는 곳으로 와라. 최대한 빨리."

"잠깐, 잠깐. 한 가지만 물어보자. 너도 인도자냐?"

"맞다."

혼은 망설임 없이 대답했다. 루시오는 실없이 웃더니 박수를 쳤다.

"역시 사람은 라인을 잘 타야 해."

현재의 미궁은 이상하다. 정상적이지 않다. 미궁이 격변이라는 폭풍이 불어닥친다면 그 폭풍의 눈에서 조연이라도 되어야 안전하다. 그저 폭풍에 휘말려 죽는 사람이되는 것은 싫었다.

혼이 폭풍의 눈이었다.

루시오는 흥분을 감추지 않았다.

"기다려. 꼭 간다. 오르곤 출루라는 곳으로."

"그래, 오버로드가 많을 거다. 쉽지는 않겠지."

"엘리아가 좋아하겠군."

루시오는 씩 웃었다. 혼은 마치 웨이터를 부르듯 박수 쳤다.

"아이린, 돌아간다. 얘기 끝났다."

"벌써 끝났습니까?"

아이린이 모습을 드러내며 말했다. 혼이 고개를 끄덕이
자 아이린은 곧바로 혼의 머리에 손을 올렸다.

"그럼 돌아가겠습니다."

"아, 맞아."

혼은 손가락을 튕기더니 아이린을 가리켰다.

"이 방도 구려. 그냥 평범한 거 못해?"

아이린은 멀뚱멀뚱 혼을 쳐다봤다.

"시정하겠습니다. 그럼."

루시오는 그 광경을 낄낄거리며 보다가 혼과 동시에 사
라졌다.

그 시각 엘리아는 갑자기 눈을 감고 가만히 앉아있는 루
시오의 앞에 손을 흔들고 있었다.

"어이, 루시오. 뭐해? 어이~ 자?"

그 순간 루시오가 발작하듯 눈을 떴다. 엘리아는 화들
짝 놀라며 뒷걸음질 쳤다.

"엄마야! 야! 뭐야?"

"하아, 하아."

루시오는 두리번거리며 숲 속을 둘러보았다. 그리고는
빙긋 미소를 지으며 말했다.

"오르곤 출루라는 곳을 찾아. 거기로 간다."

"뭐? 헥터 거긴 어디야?"

헥터는 말을 듣자마자 지도를 꺼내 도시를 찾기 시작했다. 그렇게 잠시, 헥터가 씁쓸한 얼굴로 말했다.

"개똥같이 먼데?"

❖

모두가 만남의 시간을 가지고 있는 시간.

천화는 회의실에서 나왔다. 다테가 죽은 뒤 천화의 말수는 확실하게 줄어있었다. 타르티스는 걱정스러운 표정으로 그런 천화의 뒤를 둥둥 떠서 따라가고 있었다. 그렇게 잠시 걸어가던 천화는 공터에서 멈춰 섰다.

"타르티스."

"네! 인도자님!"

오랜만에 천화의 목소리로 자신의 이름을 들은 타르티스가 과도하게 웃으며 말했다. 조금이라도 천화의 기분을 풀어주기 위해 발랄한 척을 하고 있었지만 천화의 감정은 메마른 상태 그대로였다.

천화는 타르티스에게 손을 내밀며 말했다.

"전신의 계약서 좀."

"네? 적이 없는데요."

"알아. 수련하려고."

"네?"

"빨리 줘. 시간이 많지 않아."

천화가 미소를 지었다. 그러나 그것은 진심에서 나오는 것이 아니라 자신을 안심시키기 위한 것임을 타르티스는 잘 알고 있었다. 그럼에도 천사는 인도자가 원하는 대로 해줘야만 했다.

타르티스는 전신의 계약서를 천화에게 건넸다. 천화는 망설임 없이 사인한 뒤에 상점에 들어갔다.

그리고는 무언가를 구입했다.

그와 동시에 거대한 공이 하늘에서 뚝 떨어졌다. 검은 색의 철제 공. 아주 적은 높이에서 떨어졌음에도 그것은 땅을 부수고 균열을 일으켰다. 천화는 있는 힘을 다해 그 것을 들어 자신의 어깨 위로 올렸다.

"후."

타르티스는 숨을 죽이고 그 광경을 쳐다봤다.

천화는 그 상태로 스쿼트를 시작했다. 그 구체의 무게 가 어느 정도인지는 모르겠으나 전신의 계약을 한 천화의 다리가 후들거릴 정도였다.

천화는 다테의 죽음 이후 많은 생각을 했다.

슬퍼만 한 것이 아니다. 신의 보옥이 있는 것을 알아 차린 후 그녀는 어떻게 하면 5성급 오버로드를 죽일 수 있을까만 생각했다.

결론은 하나였다.

더 강해져야만 한다.

다행히도 미궁에서 워커들의 신체능력은 무한하게 단련할 수 있었다. 지금까지 혼이 수련할 때 같이 하는 정도였지만 그 정도로는 안 된다는 것을 이마 깨달았다.

지금 자신은 너무나도 무력했다.

5성급 오버로드와 싸우기는커녕 얼굴은 볼 수 있을까? 고작 전신의 계약을 써야만 4성급 오버로드와 비슷한 수준이라는 것은 5성급을 절대로 이길 수 없다는 것을 뜻했다.

그렇기 때문에 더 강도 높은 수련을 해야만 한다.

근육은 찢어지고 회복되면서 더욱 강력해진다. 천화는 누구보다 빠르게 회복할 수 있었다. 바로 초재생의 능력 덕분이다.

스쿼트를 한번 내려갈 때마다 근육은 비명을 지르며 찢어졌다. 보통 워커라면 이미 첫 번째 시도에서 주저앉았을 것이다.

그러나 초재생은 순식간에 근육을 회복시켰다. 다시 올라오는 과정에서 찢어지더라도 끝까지 올라오기만 한다면 근육은 다시 재생된다.

천화는 이를 악물었다.

내려갈 때도, 올라갈 때도 지옥이었다. 하지만 가장 빠르게 강해지는 길은 이것이다. 가장 정석적인 방법이 때로는 가장 빠른 길이다.

그렇게 한참을 반복하던 천화는 철제 공을 던져버리고는 한숨을 쉬었다.

"곧 끝난다."

전신의 계약이 끝나간다. 이미 근육을 한계까지 몰아붙였기 때문에 피로가 몰려올 것이다. 그것을 버텨내야 한다.

"크윽."

전신의 계약이 끝나면서 엄청난 고통이 온몸을 휘감았다. 천화는 잇몸에서 피가 날 정도로 이를 악물었다,

그렇게 한차례 폭풍이 지나가고 천화는 다시 타르티스에게 손을 내밀었다.

"전신의 계약서."

"잠깐만요."

가만히 보고 있던 타르티스가 천화의 손을 잡았다. 그리고는 고개를 절래 흔들었다.

어떤 인도자도 전신의 계약서를 하루에 두 번 쓴 적은 없다. 죽음의 인도자도, 분쟁의 인도자도 그런 적은 없다.

그것은 지금까지 수많은 화합의 인도자를 섬겨왔던 타르티스가 가장 잘 아는 사실이었다.

"그러다 큰일 나요. 진짜."

타르티스가 진심을 담아 말했다.

버텨내면 강해질 수야 있을 것이다. 그러나 너무 무리하게 수련을 계속하다가는 정신이 망가질 수가 있다.

고통을 못 이기고 미쳐버리는 것이다.

천화는 그런 타르티스에게 미소를 지어 보였다.

"괜찮아. 난 할 수 있으니까."

"그래, 하게 놔둬라."

저 멀리서 혼의 목소리가 들렸다. 혼은 루시오를 만나고 바로 천화를 찾아 밖으로 나온 것이었다. 그 옆에는 니나도 딸려있었다.

"쿵! 하는 소리가 들려서 나와봤어. 이야, 난 너 자살하는 줄 알았네."

혼이 농담조로 말했다. 그런 혼을 타르티스가 매섭게 노려봤다. 그러자 리첼리아가 나와서 타르티스의 앞에 섰다.

"뭐야? 너 눈을 왜 그렇게 떠?"

"마음에 안 들어서 그렇다! 왜!"

리첼리아는 벙찐 표정으로 혼을 돌아봤다. 타르티스는

보통 리첼리아에게 소리를 지르지 않는다. 한심하다는 듯이 쳐다본 적은 많지만.

"혼씨. 얘 이상해요."

"네가 더 이상해."

"아야!"

혼은 리첼리아의 뒤통수를 때리고 천화의 앞에 섰다. 천화는 땀을 닦으며 말했다.

"자살을 왜 해요? 아직 할 일이 많은데."

"뭐야? 신종 자살법 아니었어?"

"농담도. 하하."

천화는 그렇게 말하며 다시 타르티스를 쳐다봤다. 타르티스는 혼을 노려보다 다시 시선을 천화에게로 옮겼다.

"안 돼요. 더는."

"명령이야. 줘."

"우으……."

천사는 인도자의 명령에 복종해야 한다. 타르티스는 어쩔 수 없이 전신의 계약서를 꺼냈다. 그러나 그때 혼이 막아섰다.

"잠깐, 잠깐. 그렇게 막 해봤자 강해지기는 힘들어."

"그러면 어떻게 해야 하는데요?"

천화는 바로 혼을 올려보며 말했다.

혼은 어깨를 으쓱하더니 전신의 계약서를 가로채 갔다.

"좋은 접근이야. 근육을 혹사하고, 너의 초재생으로 재생하고. 그렇게 근력이 늘고. 뭐 그건 좋다고. 근데 어찌할 거야? 싸움을 못 하는데."

"어느 정도는 합니다."

"각성해서 주는 그 숙련도? 야, 그런 거로 싸울 수 있는 상대였으면 워커들이 왜 오버로드한테 지겠냐?"

"빈정거리실 거면……."

"내가 도와주지."

혼의 말에 천화가 말을 멈췄다.

혼또한 천화와 공감하는 부분이 있었다. 이대로는 안 된다. 더 강해져야 한다. 그러기 위해서는 더 강도 높은 훈련이 필요했다.

혼만 더 강해지면 안 된다. 호바스도, 니나도 더 강해져야만 한다. 5성급 오버로드가 얼마나 강한지 모르는 이상 그것만이 살길이었다.

그러기 위해서는 천화도 확실한 전투기술이 필요하다.

"그런데 알아두어야 할 게 있다. 나도 배울 때는 아주 더럽고 힘들어서 확 자살이나 해버릴까 싶었거든."

혼은 말을 멈추고 곰곰이 생각했다. 어린아이들을 데리고 스파르타식으로 가르치던 할배가 생각났다. 언젠가 자신이 교관이 된다면 절대 그 할배처럼은 되지 않겠다는 생각도 했었다.

"그런데요?"

천화가 물었다. 혼은 생각을 멈추고 악마처럼 웃었다.

"이게 아무리 생각해봐도 말이야. 그렇게 더럽게밖에는 못 가르치겠다. 따라올 수 있겠냐?"

"잠깐! 잠깐."

그때 니나가 말했다.

아니 도대체 얼마나 힘든 수련을 시키려고 지금부터 저렇게 경고를 하는 걸까. 혼은 허언을 하는 남자가 아니었다.

"천화야, 다시 생각해봐. 진짜 큰일 날수도 있어."

천화는 잠시 멍하니 서 있더니 니나의 말은 듣지도 않고 빠르게 고개를 끄덕였다.

"그럼 언제 시작하죠?"

"천화야!"

"지금 당장. 그리고 니나."

혼은 니나를 돌아봤다. 니나는 큰 눈을 깜박이며 혼의 다음 말을 기다렸다.

"너도 같이 할거야."

"에? 왜? 잠깐. 난 한다고 하지 않았는데."

"가서 그냥 죽고 싶어. 넌 강제야."

"잠깐만! 강제가 어딨어? 강제가."

"리첼리아 끌고 와. 그럼 가자. 천화야."

리첼리아는 거수경례를 하며 말했다.

"넵! 알겠습니다!"

"잠깐! 안 돼! 이럴 수는 없다고!"

니나의 마지막 절규를 끝으로 혼과 천화는 그렇게 전력 강화를 시작했다.

❖

한 달이 지났다.

오버로드는 꽤 타격이 컸었는지 다시 쳐들어오지 못하고 있었다. 가장 먼저 오르간 출루에 도착한 이는 루시오 일행이었다. 루시오는 오르간 출루의 입구를 보며 한숨을 쉬었다.

이 망할 미로를 건너오면서 만난 오버로드의 숫자만 10기가 넘었다. 한 번에 나타난 것이 아니라 차례차례 나타나 어떻게 뚫고 오기는 했지만, 순간순간이 생사의 갈림길이었다. 덕분에 엘리아만 신났다.

"여기에 그 혼이 있는 거지?"

"그래. 인도자란다."

"우와! 역시 내 먹잇감."

엘리아가 손을 풀며 말했다.

그렇다고 해서 이제 싸울 수 있는 상대는 아니었다. 혼은 인도자면서 아군이었다. 언제나 타인을 의심하고 또 인간들끼리 배척해야 했던 미궁이 아니다. 힘을 합치지 않으면 죽는다. 루시오는 안으로 들어갔다.

"누구십니까?"

오르간 출루의 대장. 릴로이가 막아섰다.

"제노사이드라고 한다. 미리 이름은 들었나?"

"아, 안으로 들어오시죠. 안내하겠습니다."

릴로이가 길을 열어주었다. 이미 오르간 출루로 올 길드의 이름은 통보가 된 상태였다. 루시오는 릴로이의 뒤를 따라 안으로 들어갔다. 릴로이는 회의장 앞에서 말했다.

"다른 분들을 불러오겠습니다.

회의장 안에는 두 사람이 앉아있었다. 호바스와 나인이었다. 루시오로서는 처음 보는 인물들이었다.

"누구지?"

호바스가 먼저 입을 열었다.

"제노사이드라고 한다. 혼이 불러서 왔는데."

"셋이 전부야?"

호바스는 루시오 뒤에 서 있는 엘리아와 헥터를 검지손가락으로 가리키며 말했다. 루시오는 고개를 끄덕였다. 엘리아는 그게 기분이 나빴는지 앞으로 나서며 말했다.

"뭐야? 불만이야?"

"아, 대단하다 싶어서. 셋이서 여기까지 오고. 그래서 우리 아가씨가 제일 잘하는 건 뭔가?"

엘리아는 호바스의 질문에 피식 웃었다.

"너도 좋은 냄새가 나네."

"잠깐, 잠깐. 싸우러 온 거 아니다."

루시오가 엘리아를 말렸다.

"저 그런데 혼은?"

"곧 올 거다."

"루시오씨?"

뒤에서 익숙한 목소리가 들렸다. 루시오는 반가운 마음에 뒤를 돌아봤다.

그곳에는 천화가 서 있었다.

언제나 착했던 여자. 누구보다 따뜻한 기운을 풍기던 여자였다. 그러나 지금 루시오의 앞에 서있는 여자는 그전에 따뜻함을 풍기던 천화인가 싶을 정도로 메마른 모습이었다.

천화는 미소를 짓고 있었다.

그녀의 머리에는 흙이 많이 묻어있었고, 옷은 거의 너덜너덜해져 있었다. 천화는 민망한 얼굴로 몸에 묻은 흙을 털어내며 말했다.

"오랜만이네요."

"어……. 어. 오랜만이네."

루시오는 당황한 듯 말을 잇지 못했다.

뭔가 천화의 분위기가 혼과 같아졌다. 천화는 마치 가면과 같은 미소를 짓고는 루시오와 엘리아, 그리고 헥터를 지나쳐 회의실 안으로 들어왔다. 엘리아는 그런 천화를 힐끗 보고는 중얼거렸다.

"괴물……."

"뭐?"

"저 여자. 무슨 두부 같은 느낌이었는데 지금은 괴물이 되었어."

엘리아가 말했다.

고작 몇 개월이다. 그 사이에 사람이 저렇게 변할 수가 있는가. 그때 루시오의 뒤로 혼이 다가왔다.

"어, 오랜만이네."

"어이 혼."

루시오가 정색하며 물었다.

"너 뭐했냐? 천화 왜 저래?"

혼은 천화를 힐끗 보고는 미소를 지었다.

"인사해라. 내 후계자 유천화씨다."

루시오는 혼의 말에 눈 끝을 찌푸리며 천화에게로 시선을 돌렸다.

그렇게 오버로드와의 전투를 위한 준비는 순조롭게 진행되고 있었다.

〈7권에서 계속〉